Sabine Purfürst
Die Entführung der Kinder

AF222382

Sabine Purfürst

DIE ENTFÜHRUNG DER KINDER

ERZÄHLUNG

Personen und Geschichten wurden frei erfunden,
Ähnlichkeiten sind rein zufälliger Natur.

1. Auflage 2001
©   Sabine Purfürst
         Titelillustration: Hannelore Hofmann
         Herstellung: Books on Demand GmbH

ISBN 3-8311-1402-1

1. KAPITEL

Es war an einem heißen Sommertag, als die Kinder die letzten Stunden in diesem Schuljahr auf ihren Bänken absaßen. Am azurblauen Himmel waren schon seit Wochen keine Wolken mehr gesehen worden und die Sonne schickte unbarmherzig ihre heiße Glut auf die Erde und verbrannte Pflanzen, Tiere und Menschen.

Schwitzend saßen die Schüler der Klasse 6 b in ihrem Unterrichtsraum und sehnten sich nach den großen Ferien. Alle Kraftreserven waren aufgebraucht, die Nervenseile drohten zu zerreißen und die Konzentration war am "Null-Punkt" angelangt.

Heute, endlich, gab es Zeugnisse und danach konnte sie die Schule mal gerne haben. Nichts wie weg, dachten die Schüler erleichtert.

Im Klassenraum war nach der großen Pause allmählich wieder Ruhe eingekehrt. Die Lehrerin legte bedächtig die Zeugnisse auf ihren Schreibtisch.

Mit ernster und gewichtiger Miene schlug Frau Böhm das erste "Giftblatt mit Hexenschrift und Froschwarzen", wie die Kinder diese Blätter nannten, auf.

Ein leichter Windzug erfrischte für eine Sekunde die Hitze im Raum. Keiner der Kinder wußte, ob er mehr vor Aufregung oder mehr aufgrund der hohen Temperaturen schwitzte.

Bevor die Lehrerin die letzte Unterrichtsstunde in diesem Schuljahr eröffnete, mußte sie die Schweißperlen von der Stirn wischen und die Brille wieder aufsetzen. Sie konnte kaum sprechen.

"Nicole! Komm bitte nach vorn!" Frau Böhm, die Klassenlehrerin der 6b, betrachtete das Mädchen aufmerksam. "Du bist schon mal besser gewesen! Deine Leistungen, vor allem in einem Fach, haben stark nachgelassen! Du mußt dich im nächsten Schuljahr etwas mehr bemühen!"

Die Worte waren ihr so herausgerutscht, ohne, daß sie sie aufhalten konnte. Eigentlich wollte sie das ganz anders sagen.

Mit diesen Gedanken überreichte sie dem Mädchen das weiße Blatt Papier mit dem so wichtigen Inhalt.

‚Wenn du wüßtest, was das für mich bedeutet?' Nicole drehte ihren Füller hin und her und kippelte mit dem Stuhl. Ihr unruhiger Blick wanderte zum Fenster. In Gedanken flog sie mit den vorbeiziehenden Schwalben am Himmel entlang und versteckte sich hinter den wellenförmig angeordneten Wolken, die sich im Laufe des Vormittags gebildet hatten.

Nicole nahm den aufmerksamen Blick der Lehrerin nicht wahr. Sie war viel zu tief in ihr Schneckenhaus zurückgekrochen.

Doch Frau Böhm spürte Nicoles Unruhe. Sie wußte, daß das Kind Probleme hatte. Nur war es ihr kaum möglich, in den wenigen Stunden, in denen sie die Schüler unterrichtete, intensiv auf das Mädchen einzugehen. In dieser Klasse versammelten sich Schüler der wildesten Art. Hyperaktive Störenfriede verbrauchten ihre gesamte Kraft. Es war schwierig, diese Kinder zum Lernen zu motivieren. Oft genug raufte sie sich verzweifelt die Haare, wenn Chris ständig zappelte, wenn Sylvia mal wieder mit dem Lineal auf den Tisch klopfte, wenn Anja im Unterricht aß und wenn Sebastian Zettel umherwarf und laut herumbrüllte.

Frau Böhm nahm sich vor, zu Beginn des neuen Schuljahres, nochmal mit Nicoles Eltern zu reden. Das Mädchen machte ihr einen zu bekümmerten Eindruck. Sie war eine leise Schülerin, die ein Lehrer oft genug übersehen konnte. Doch achtete Frau Böhm gerade auf diese Kinder. Sie kannte Nicoles außergewöhnliche künstlerische Begabung. Mehr als einmal wurden die

Zeichnungen des Mädchens mit Preisen honoriert.

Doch fielen die schlechten Noten in Mathe gerade in dem letzten Schuljahr besonders kraß auf. Die Lehrerin hatte mehr als einmal mit den Eltern darüber gesprochen, aber bisher waren keinerlei sichtbare Änderungen eingetreten.

*

Langsam trottete Nicole hinter den Mitschülern zum Bus. Während die anderen Kinder aufgeregt durcheinander plapperten, saß sie still und in sich gekehrt im hinteren Teil des Busses. Erst als Christopher sie wieder einmal wegen ihrer Pickel im Gesicht aufzog, fing sie an zu weinen. Der Junge mit dem blonden Schopf und den Sommersprossen auf der Nase hatte sich genau hinter Nicole plaziert und begann nun an ihren Haaren zu zerren. Grinsend zog er eine Cola-Büchse aus dem Schulranzen, schüttelte diese ein paar Mal kräftig durch und öffnete sie. Ein lautes Zischen ertönte. Mit einem hinterhältigen Lächeln auf dem breiten Sommersprossengesicht schüttete Christopher dem Mädchen die klebrige Flüssigkeit in die Bluse.

"Gemeiner Kerl!" schrie Nicole und unter dem Gekicher der anderen versuchte sie sich mit einem Taschentuch abzutrocknen. "Ihr seit alle so gemein!" weinte sie und fühlte sich dabei furchtbar allein.

"Habt ihr gehört, was Pickelface gesäuselt hat?" Während David das sagte, gab er dem Mädchen eine Kopfnuß. "Wage es ja nicht, Widerworte zu haben, du ungezogenes Kind!" Mit verstellter Stimme äffte er die Lehrerin nach.

Keiner der umstehenden Erwachsenen nahm Nicole in Schutz. Sie wirkten gleichgültig und interessenlos, stierten aus dem Busfenster oder unterhielten sich äußerst angeregt mit ihrem Banknachbar.

Ein alter Mann, der neben den sitzenden Kindern stand, schüttelte nur verächtlich den ergrauten Kopf. Gott, wie waren die Kinder grausam untereinander, dachte er. Waren wir denn früher auch so?

"Heh! Was war`n das? Hier stinkts..." Manuelas schrille Stimme tönte durch den Bus. Die Kids brachen in lautes Gelächter aus. Als das Fahrzeug endlich an der nächsten Haltestelle hielt, stieg Nicole aus, obwohl sie eigentlich noch zwei Stationen hätte weiterfahren müssen. Raus wollte sie, fort von dieser Horde. Elend fühlte sie sich, hilflos und traurig.

*

Mutter war wütend.

"Wenn Vater das heute Abend sieht, gibts wieder Ärger..." Sie warf den Hefter auf die Tischkante. "Das wäre mir früher nie passiert! Ich war immer eine der Besten in der Klasse. Aber du? Was machst du? Bringst nur eine schlechte Zensur nach der anderen in Mathe nach Hause! Damals hätte es `ne Tracht Prügel gegeben. Ich hätte mich gar nicht nach Haus getraut mit `ner Mathe "5"! Mein Vater hätte mich windelweich- geprügelt..."

Die Mutter holte tief Luft.

"Was soll nur aus dir werden? Wie willst du mit diesem Zeugnis noch `ne Lehrstelle kriegen? Wie kann man nur so dumm sein! Du bist zu nichts zu gebrauchen! Guck dich doch mal an, wie du aussiehst! Pulli über der Schlamperhose! So wären wir früher nie rumgelaufen! Das hätten wir uns gar nicht erst getraut! Und einen besseren Haarschnitt könntest du dir auch mal zulegen!"

Die Mutter hatte sich nun doch in Rage geredet, so daß

sie nicht merkte, wie laut sie geworden war, und daß die Nachbarn alles mit anhören konnten. Die Wände der Plattenbauten waren ohnehin äußerst geräuschdurchlässig.

Nicole war immer mehr in sich zusammengesunken. Ihre Augen hielt sie geschlossen, so daß die Mutter kaum bemerkte, wie es in Ihrem Inneren aussah. Eigentlich wollte sie diese nicht aufregen, wollte ihr nicht im Wege stehen:

'Aber warum hast du mich überhaupt geboren, wenn du mich ablehnst, mich gar nicht willst?` dachte Nicole. `Laß mich doch einfach in Ruhe. Du hast dich doch in letzter Zeit sowieso nicht um mich gekümmert! Seit dem du keine Arbeit mehr hast, kann man kaum noch mit dir reden. Nur als du diesen Computerlehrgang besucht hattest, warst du wieder fröhlich und wir konnten wie früher über alles quatschen, aber kaum war er zu Ende, warst du wieder unausstehlich. Und dann ließ mich Oma Hanna auch noch im Stich und ich war plötzlich ganz allein. Nun konnte man überhaupt nicht mehr mit dir reden. Alles ging dir auf die Nerven und als ich dann schlechte Zensuren mit heim brachte, bist du vollkommen ausgerastet.`

Als endlich die Moralpredigt zu Ende war, saß Nicole noch immer still und regungslos am Tisch. War sie wirklich so dumm und zu nichts zu gebrauchen?

Nicole schämte sich, wußte sie doch, daß ihre Eltern recht hatten, daß sie mehr aus sich herausholen könnte, wenn sie nur wollte! Aber sie wollte ja gar nicht!

Ihr machte die Schule keinen Spaß. Die Lehrer waren zu streng und ungerecht und die Mitschüler waren doof, konnten sie sowieso nicht verstehen, besonders Christopher und David, die Jungs, die sie immer "Pickelface" nannten und sie ständig an den Haaren zogen. Sie lästerten über ihre Hosen, über ihr Aussehen. Auch konnte sie sagen, was sie wollte, alles war falsch.

Ihre Tränen wurden von den Mitschülern und den Erwachsenen offensichtlich nicht bemerkt. Vielmehr hackten sie ungehindert auf das Mädchen herum.

Wer war sie überhaupt?

Der einzigste Mensch, der sie verstand, war ihre Freundin Denise. Mit ihr konnte Nicole sprechen. Die Mädchen konnten stundenlang miteinander reden und sich gegenseitig trösten. Denise hatte Probleme mit dem großen Bruder. Sie nannte ihn ständig "Ekelpaket" und einen "wahren Hohlkörper", der nichts in der "Birne" hat, als sein dämliches Moped. Immer saß er im Hof und putzte das "blöde Knatterding".

Denis` Mutter hatte nie Zeit für die Kinder. Sie hastete ständig von einem Termin zum anderen und war sie doch ein paar Stunden außerhalb der Nachtruhe zu Hause, hörte sie nur halbherzig dem Redeschwall der Tochter zu.

*

Kleine graue Wolken schwebten am Himmel. Sie sahen aus wie Fabelwesen, die am Firmament entlang glitten. Grillen zirpten vielstimmig und von fern her waren Motorengeräusche der vorbeifahrenden Autos zu hören. Endlich hatte es geregnet. Es duftete nach Erde.

Aber Nicole und Denise nahmen die frischere Luft kaum wahr. Sie ließen ihre Füße vom Ast einer riesigen Buche baumeln. Hier im Stadtpark standen unzählige Bäume in ihrem grünen Kleid und wiegten ihre Kronen bedächtig über die Köpfe der Mädchen. Die letzten Regentropfen wurden von einem Buchenblatt zum anderen geleitet, bis sie endlich im hohen grünen Gras einer Diestel den Durst stillten.

"Ich habe gar keine Lust, nach Hause zu gehen!" Mißmutig brütete Denise vor sich hin.

"Ich auch nicht!"

"Was machen wir dann?"

"Ich weiß nicht!"

"Komm! Laß uns ein Stück laufen! Vielleicht fällt uns dann was ein!" Denise zog ihre Freundin vom Baum herunter.

Sie liefen durch den Park und bummelten durch die Stadt, über die große Eisenbahnbrücke, vorbei an alten Fachwerkhäusern, in Richtung Stadtrand und Autobahn.

Plötzlich hatte Denise eine Idee:

"Sieh` mal! Wieviele Autos hier vorbeifahren! Was meinst du, ob uns jemand mitnehmen würde?" Dabei reckte sie ihren langen, dünnen Hals und zupfte an ihrem Nicky herum, das durch die kleinen Brüste ständig hochrutschte. Auch der Rock war beinah zu kurz geraten, so daß ihr Slip manchmal beim Bücken hervorlugte. Denise war mit ihren 12 Jahren bereits eine kleine Dame geworden.

Das ganze Gegenteil war Nicole, die am liebsten alles, was an ihr zu wachsen begann, peinlich genau verstecken wollte. Schon immer wäre sie lieber ein Junge geworden, hätte man sie danach gefragt. Sie quälte der Gedanke, einmal Kleider oder Stöckelschuhe tragen zu müssen. Lange und lockere Klamotten waren ihr wesentlich angenehmer, denn sie verdeckten Formen und Farben. Vor allem ihr rot-schwarzer Jogginganzug durfte bei keinem Ausflug fehlen.

"Du spinnst wohl! Das ist doch gefährlich!"

"Och! Was soll da schon passieren! Komm! Wir versuchen`s mal! Vielleicht hält sogar jemand an!"

"Ich will nicht!" Nicole setzte sich ins Gras. Sie hatte Angst.

"Sei doch nicht immer so ein Angsthase! Was soll uns schon passieren! Ich habe etwas Geld eingesteckt, damit können wir zurückfahren..."

Während Nicole noch zögerte, stellte sich das andere Mädchen bereits an den Straßenrand und hob den Daumen.

"Meine Eltern würden nicht mal merken, daß ich nicht mehr da bin..." Nicole wollte keine Zweifel aufkommen lassen und stellte sich neben Denise.

Es dauerte ungefähr fünf Minuten ehe ein Wagen anhielt. Am Steuer saß eine blonde Frau. Denise rief der Freundin etwas zu und stieg dann mit den Worten: "Es ist ja nur eine Frau..." ins Auto.

2. KAPITEL

Uwe und Marion Schmidt, Nicoles Eltern, saßen zu Abend am gedeckten Tisch. Zum ersten Mal war ein Platz leergeblieben. Der Eintopf dampfte vor sich hin, ohne daß jemand Notiz von ihm nahm.

"Wo Nicole bloß bleibt?" fragte Marion besorgt.

"Was hast du ihr gesagt! Überleg genau! Warum kommt sie, verdammt noch mal, nicht pünktlich nach Hause?" Ruckartig stand Uwe auf und lief nervös hin und her. Dabei legte er den Zeigefinger der rechten Hand über seinen Schnauzer und rieb gedankenverloren an seiner Nase. Das machte er immer dann, wenn er angestrengt nachdachte.

Unruhig blickte er auf seine Armbanduhr: "Es ist bereits 20 Uhr. Und sie ist immer noch nicht zu Hause. Das hat Nicole noch nie mit uns gemacht. Immer lag wenigstens ein Zettel auf dem Tisch!"

"Vielleicht ist sie gleich zurück!" Marion ging zum Fenster. Sie schob die Passionsblume, die gerade eine weiß-blaue Blüte trug, beiseite und schaute auf die Straße vorm Haus. Mit dem schwindenden Tageslicht verschwand auch der Lärm.

Nur ein Krankenhaushubschrauber flog einem unbekannten Opfer entgegen. Wiedereinmal brauchte ein Mensch schnelle medizinische Hilfe.

Leise sprach Marion weiter: "Geschimpft habe ich mit ihr, wegen der Mathe 5!"

"Meinst du, sie ist ausgerissen?" Als Berufsschullehrer war Uwe oft sehr streng mit der eigenen Tochter umgegangen. Viel zu oft mußte er mit ansehen, wie Jugendliche mit einem schlechten Notendurchschnitt von einem Betrieb zum anderen laufen mußten und mit jeder Absage hoffnungsloser und aggressiver wurden und dann viel zu schnell ins kriminelle Milieu abrutschten.

Er kannte auch Ben, Denis` Bruder. Uwe wußte, daß der Junge bis heute keinen Beruf erlernen konnte. Seit dem Augenblick, seit dem Ben`s Vater mit einer Freundin durchgebrannt war und die Mutter allein mit beiden Kinder lebte, seit diesem Zeitpunkt wurden Ben`s Zeugnisse immer schlechter.

"Vielleicht bist du manchmal zu streng?" sprach Marion seine Gedanken laut aus. "Aber das kann doch nicht der Grund sein, uns einfach zu verlassen? Wer weiß, wo sie sich rumtreibt! Bestimmt ist sie mit dieser Denise unterwegs, mit der sie sich neuerdings ständig trifft." Ärgerlich setzte sich Marion wieder hin. Ihre Augen füllten sich mit Tränen.

"Nun fang bloß nicht gleich an zu heulen! Das bringt uns auch nicht weiter! Laß uns lieber überlegen, was wir tun können." Uwe ging auf seine Frau zu und legte seine Hand beruhigend auf ihre Schultern. "Mit wem hast du Nicole das letzte Mal gesehen?"

"Sie wollte bestimmt zu Denise. Seit Oma Hanna nicht mehr da ist, geht sie fast nur noch zu diesem Mädchen. Ihr fehlt meine Mutter sehr. Sie war immer für unser Mädchen da. Immer fiel ihr etwas ein. Oma konnte sich stundenlang mit Nicole beschäftigen."

Und ich, dachte Marion, ich habe gar nicht bemerkt, daß mir mein Kind einen Schritt vorausgegangen ist, ohne daß ich ihr gefolgt bin. Und ich habe sie noch nicht wieder eingeholt.

Uwe und Marion Schmidt warteten vergebens auf die Rückkehr ihrer Tochter. Beide bewegten sich von Stunde zu Stunde unruhiger und hektischer in ihrer viel zu kleinen Wohnung umher. Zuerst riefen sie bei allen Bekannten und Nachbarn an. Aber sie hatten wenig Erfolg. Das Mädchen blieb verschwunden. Niemand hatte es gesehen. Auch die Lehrerin war ratlos. Sie hatte Nicole seit Unterrichtsschluß aus den Augen verloren.

Als letztes rief Uwe bei Denise zu Hause an. Doch niemand meldete sich dort. Da knallte er den Hörer aufs Telefon. Ihm wurde plötzlich ganz heiß. Sein Gesicht verfärbte sich und er konnte seine Erregung nicht mehr unterdrücken.

Was sollte man als nächstes tun, fragte er sich, was könnte Nicole vorgehabt haben? Ist sie vielleicht abgehauen? Wo könnte sie sein? Warum tat sie ihren Eltern so etwas an? Sie mußte doch wissen, daß sie Vater und Mutter vor Angst fast um den Verstand bringen würde?

Vielleicht, überlegte Uwe, vielleicht trieb sich seine Tochter ja im Stadtpark herum oder schlenderte mit der Freundin durch die Gassen der Altstadt und er saß hier und machte sich die größten Sorgen. Aber es war nicht Nicoles Art, die Eltern warten zu lassen.

Vielleicht mochte es gut sein, hier auf das Kind zu warten und Ruhe zu bewahren. Aber Uwe war nicht der Mensch, der die Hände in den Schoß legte. Er wollte nicht tatenlos herumsitzen. Er wollte Nicole suchen.

Marions Gedanken gingen ähnliche Wege. Aber einer der beiden mußte schließlich zu Hause bleiben und geduldig auf das Kind warten.

Also fing Uwe an, seine Tochter überall zu suchen. Zuerst lief er in den Stadtpark. Dann suchte er in der Schule und auf dem Schulhof, in der Turnhalle und auf dem Sportplatz nach dem Kind. Er zeigte Jugendlichen, die an der nächsten Straßenecke herumlungerten, Nicoles Bild. Doch niemand hatte das Mädchen in den letzten Stunden gesehen.

Nachdem er ruhelos und erfolglos durch die Gassen der Altstadt gestreift war, die Treppenhäuser und Hinterhöfe der näheren Umgebung abgesucht hatte, stand er minutenlang gedankenverloren vor der Eingangstür des Hauses.

Er mußte sich erst wieder sammeln, seine gewohnte Ruhe wieder finden, bevor er seiner Frau unverrichteter Dinge gegenübertreten konnte.

Als er in den Hausflur ging und sich die wenigen Stufen hinaufschleppte, kam er sich wie ein alter Mann vor. Es fiel ihm schwer, den Selbstbewußten zu spielen, doch durfte Marion nicht spüren, in welcher schlimmen Verfassung er sich befand. Deshalb betrat er schnell die Wohnung. Lief wortlos zum Telefon und wählte die Nummer der Nachbarin.

Kurze Zeit später legte er den Hörer wieder auf.

"Denise ist auch verschwunden! Ihre Mutter ist gerade erst nach Hause gekommen! Ich glaube, es ist besser, wir rufen die Polizei!" Dabei schaute er erneut auf die Uhr. "Es ist einundzwanzig Uhr dreißig und draußen wirds schon dunkel. Paß auf! Du bleibst hier, falls Nicole kommt! Du hältst Telefonwache!... Sei` ruhig! Keine Wiederrede! Du bleibst hier!", dabei drückte er seine Frau sachte wieder auf den Stuhl zurück. "Einer muß bleiben! Glaub mir, es ist besser, wenn du das tust!"

Während Marion den Kopf hängen ließ und sie wie gelähmt da saß, sprach er unbeirrt weiter: "Ich gehe jetzt zur Nachbarin! Nehme sie mit zur Polizei. Wir geben die Anzeige gemeinsam auf!"

Als Uwe gegangen war, rannte Marion ins Badezimmer. Mit ihrer Beherrschung war es zu Ende. Wie große Schaufeln schöpften ihre Hände literweise das Wasser und spritzten es in ihr rotes Gesicht.

Nachdem sie sich etwas beruhigt hatte, ging sie in Nicoles Zimmer und setzte sich auf das Bett des Kindes, nahm den Teddy ihrer Tochter auf den Arm und streichelte ihn minutenlang. Dabei betrachtete sie

Nicoles selbstgemalte Bilder an der Wand. Sie zeigten verschiedene Märchenmotive. Immer, wenn Oma Hanna eine Geschichte erzählt hatte, setzte sich das Kind hin und malte die schönsten Bilder.

Wenn sie nur in Mathe so gut wäre, wie in Zeichnen und Deutsch, dachte Marion, oder, wenn sie einmal öfter zu mir gekommen wäre und mit mir gesprochen hätte, sähe es heute vielleicht anders aus?

Erst jetzt begriff Marion, warum sich Nicole in letzter Zeit so merkwürdig benommen hatte. War es einfach ein stummes Rufen, ein lautloser Aufschrei, den sie als Mutter nicht hören konnte, weil sie zu sehr nur an sich selbst gedacht hatte?

*

Uwe war bereits auf dem Rückweg, als es wieder zu regnen begann. Ein Gewitterguß platzte auf die ausgetrocknete Erde. Pitschnaß betrat er die Wohnung und Marion schlug die Hände über den Kopf zusammen.

Eine Stunde hatten er und Frau König auf dem Revier gesessen und den Fragen der Polizei geantwortet. Es waren viele Fragen. Es wurden viele Seiten im Computer gespeichert, Vermißtenanzeige aufgegeben, die Presse benachrichtigt und die Ermittlungen aufgenommen. Die Polizisten meinten, es würde Stunden dauern, ehe man genaueres sagen könnte.

Ratlos saßen Herr und Frau Schmidt auf dem Bett ihres Kindes.

"Ich glaube, wir müssen selbst was unternehmen!" stellte Uwe fest. "Allein auf die Polizei will ich mich nicht verlassen."

"Was hat denn Denis` Mutter gesagt?"

"Sie will auf Ben warten. Sie war wie gelähmt. Sie saß nur da. Ich glaube, sie hörte nicht einmal richtig hin. Ständig beschuldigte sie sich selber. Sie hätte Denise vernachlässigt, sagt sie, weil die Arbeit sie auffrißt."

"Ich glaube, ich kann nicht mehr warten! Wir müssen was machen, sonst drehe ich noch durch! Wir haben nicht viel Zeit!"

Marion stand auf und begann in Nicoles Schränken zu wühlen. Sie zerrte alle Klamotten auf einmal auf den Boden. Immer wütender und hektischer suchte sie nach einem kleinen Hinweis ihrer Tochter. Nur eine winzige Nachricht, ein Bild, eine Zeile... Doch nichts, nichts fand sie.

Enttäuscht sank Marion auf den Teppich zurück und zerrte nach einigen Minuten der Leere plötzlich an ihren blonden kurzen Haaren, so, als wollte sie diese einzeln ausrupfen.

*

Uwe war nach stundenlangem Warten nochmals zur Polizei gegangen. Draußen dämmerte es bereits. Ein neuer Morgen brach an.

Wieder zu Hause angekommen erzählte Uwe hastig:

"Sie haben Denis` Jacke gefunden. Ihre Mutter war außer sich! Auch die Fotos der Mädchen sind in der Zeitung! Vielleicht sind sie irgendwo gesehen worden. Bestimmt melden sie sich bald!" Nicoles Vater versuchte seine Frau zu beruhigen, als er sah, was in ihr vorging.

"Das Telefon hat nicht ein Mal geklingelt! Was machen wir nur?" Marions Stimme zitterte. "Du hättest nicht immer auf ihr herumhacken sollen! Ich habe so`ne Angst, ihr könnte etwas zugestoßen sein! Wieviele junge Mädchen sind nie wieder aufgetaucht?" und ganz leise kam es über ihre Lippen. "Und wenn man die Kinder endlich gefunden hatte, waren sie schon seit Monaten tot und die Mörder laufen noch heute frei herum..."

"Marion! Komm, wir müssen hier raus! Wir gehen selbst noch einmal auf die Suche! Vielleicht war es auch nur ein dummer Scherz und Nicole sitzt auf ihrem Lieblingsplatz im Park und wartet bereits auf uns!"

Nicoles Lieblingsplatz war eigentlich ein Geheimnis. Nur die Großmutter kannte das Versteck. Doch Oma Hanna erzählte den Eltern kurz vor ihrem Tode davon.

"Nein! Ich bleibe hier! Geh du suchen! Einer muß ja da sein, wenn sie anruft." Marion holte sich die Zeitungen und las jede Zeile mehrmals, um den Inhalt überhaupt begreifen zu können.

"Gut, wie du willst! So bleib hier! Ich gehe zu Denis` Mutter! Ben sucht bestimmt auch mit."

"Weiß Ben Bescheid?"

"Ja, er weiß es!"

*

"Hier irgendwo müssen sie Denis` Jacke gefunden haben!" Ben deutete mit dem Zeigefinger Richtung Buche.

"Also sind die beiden gestern hier gewesen!" stellte Kerstin König, Denis` Mutter, nachdenklich fest. Der Sommerwind blies ihr die schulterlangen braunen Locken wie ein Fön ständig ins Gesicht. Immer wieder schob sie einzelne Strähnen zurück.

Der nächtliche Platzregen hatte die Erde etwas aufgeweicht. Einzelne große Pfützen hatten sich auf den

Wegen gebildet und behinderten die drei Menschen bei ihrer Suche nach kleinsten Hinweisen.

*

"Wenn Nicole und Denise hier waren, was haben sie dann gemacht? Wo sind sie hingegangen?" Uwe Schmidt wich gerade wieder einer großen Pfütze aus. "Wenn die beiden wirklich abhauen wollten, sind sie vermutlich von hier aus zur Autobahn gegangen!"

"Wahrscheinlich sind sie über die Eisenbahnbrücke gelaufen und dann zum Ortsausgang..." überlegte Denis` Mutter.

*

Eine halbe Stunde später standen die Drei genau an der gleichen Stelle, wo sich einen Tag zuvor die Mädchen aufgehalten hatten. Am Ortsausgang fand Uwe Schmidt Spuren im Sand. Trotz Wind und Regen waren sie noch zu sehen, denn große Kastanienbäume, Buchen und Kirschbäume schützten den Boden und bedeckten ihn wie ein riesiges Dach. Ihre Äste hatten sich ineinander verhakt. Sie ließen nur wenige Tropfen durch. Erst ein Dauerregen würde auch hier den trockenen Erdboden aufweichen.

"Die Spuren enden an dieser Stelle, genau hier muß auch ein Auto gehalten haben!" Uwe hockte sich an den Straßenrand. Er hatte das Gefühl, daß es genau an dieser Stelle passiert sein mußte.

Dann stand er wieder auf und schaute sich aufmerksam die anderen Spuren an. "Hunde waren auch in der Nähe. Das waren bestimmt Polizeihunde, vermute ich mal!"

Drei Menschen standen an einem Samstagmorgen am Rande einer Straße. Ihre Gedanken suchten die Mädchen. Vielleicht war es noch nicht zu spät! Vielleicht war alles ja nur ein großer Irrtum und die Mädchen saßen bereits zu Hause bei Marion in der guten Stube und aßen hungrig ein paar belegte Brötchen und tranken ein Glas Milch dazu. Vielleicht! Sie alle hofften es jedenfalls...

3. KAPITEL

Nachdem die Mädchen in den silbergrauen Mercedes gestiegen waren, schob die Frau eine CD in den Player und es erklang Denis` Lieblingslied. "Samba De Janeiro" eilte mit den Mädchen die Straße entlang.

"Na, ihr zwei! Wo soll`s denn hingehen?"

Die Frau mochte ungefähr vierzig Jahre alt sein. Sie hatte langes, blondes Haar. Denise bewunderte die gepflegte Erscheinung und atmete den Duft des unbekannten Parfüms tief ein.

"Keine Ahnung! Wir wollten einfach raus aus diesem Kaff!"

Die Fremde reagierte nicht auf ihre Bemerkung. Denise sah, daß sie sich nicht mal rührte. Wollte sie denn gar nicht wissen, warum die Mädchen abgehauen waren und wo sie hinwollten?

Nicole machte es sich inzwischen auf dem Sitzkissen bequem und schaute aus dem Fenster. Sie konnte die vielen Autos, die an ihr vorbei rasten, nicht mehr zählen. Doch die Frau nahm noch immer nicht den Fuß vom Gaspedal.

"Wo kommt ihr denn her? Aus welcher Stadt, meine ich? Irgendwie kommt ihr mir bekannt vor!"

Die Fremde sah in den Spiegel. Ihre Augen leuchteten wie zwei tiefe klare Seen.

"Wir kommen aus Haberstedt und ich wohne in der Lessingstraße, Nummer zwölf" Nicole blickte zweifelnd in den Spiegel. Woher sollte die Frau sie kennen?

Die Fahrerin hatte das Fenster heruntergelassen. Der Wind spielte mit ihren Locken und die buntgeblümte, kurzärmlige Bluse blähte sich auf.

"Wohnt dort nicht eine ältere Dame?"

Nicole hob den Kopf: "Woher kennen Sie Frau Mundt?"

Für einen Moment nahmen die Blicke der Fremden einen anderen Ausdruck an. Doch im nächsten Augenblick sprach sie mit weicher beruhigender Stimme weiter: "Sie ist die Mutter meiner Cousine! Wie geht es ihr denn so? Ich habe sie lange nicht gesehen!"

Die Zweifel waren verflogen. Die Mädchen glaubten der Frau. Aber warum hatte die Mundt nie etwas von einer Tochter erzählt?

"Ich glaube, ihr geht`s gut. Auch, wenn sie manchmal etwas zu sehr auf mich aufpassen will! Sie behandelt mich immer wie ein kleines Kind!"

Nicole wußte, daß Frau Mundt sie beschützen wollte, und zwar vor all den unbekannten Gefahren, die in der Welt auf junge Mädchen lauerten. Aber manchmal ging ihr das Genörgel mächtig auf die Ketten.

Im Fahrzeug wurde es trotz offenen Fenstern immer wärmer. Die Fremde nahm endlich den Fuß etwas vom Gaspedal und sie verließen für kurze Zeit die Autobahn, denn eine Baustelle versperrte die Weiterfahrt.

Langsam fuhr sie an einem kleinen Dorf vorbei.

Soweit das Auge reichte, konnten die Mädchen ein Meer an Blumen bestaunen. Geranien hingen von den Balkonen herunter. Rote, blau und weiße Clematis rankten an Holzgeländern empor und zahlreiche Rosen verbreiteten einen betörenden Duft.

Für Sekunden vergaßen die Mädchen alles andere um sich herum. Nicole nahm einen Stift und einen kleinen Block, den sie zusammengerollt immer bei sich trug, aus der Hosentasche heraus und begann zu skizzieren. Seitdem Großmutter nicht mehr lebte, seitdem versuchte Nicole über ihre Zeichnungen Kontakt zur Oma aufzunehmen. Sie hörte ihre Stimme und ihre phantasievollen Geschichten, wenn sie malte. Nicole lebte dann in einer anderen Welt. Ihre Gedanken bekamen Flügel und sie sah die Erde aus weiter Ferne. Alle Probleme wurden kleiner und immer kleiner.

Denise war da wesentlich kühler und von praktischerer Natur. Sie sah das Leben mit kritischerem und wacherem Verstand. Während Nicole zeichnete, beobachtete Denise das gutgeschminkte Gesicht der Fahrerin.

Sie sieht schön aus, dachte sie, aber irgendetwas stimmt da nicht. Etwas an dieser Frau paßt mir nicht, gefällt mir einfach nicht! Das kriege ich schon noch heraus, nahm sich Denise vor. Aber gute Musik hat die Frau, das muß man ihr lassen.

"Haben sie auch `Everybody` von den Backstreet Boys?"

"Ja! Natürlich!"

Und nachdem Nicole ihre Zeichnung zusammengefaltet hatte und zum Fenster hinausgleiten ließ, schwebte das Stück Papier in die Welt, um eine Botschaft zu hinterlassen. Eine Nachricht an ihre Eltern, die bisher noch nichts von der Flucht ihrer Tochter ahnten.

Dann lauschten die Mädchen der Lieblingsmusik vieler Teenies der neunziger Jahre. Wie schön war es, tolle Musik zu hören und in einem Auto auf der Straße dahinzujagen, ohne quälende Gedanken, ohne Sorgen, voller Träume und Wünsche.

" Haben Sie noch mehr Musik auf Lager?"

"Wenn ihr wollt, könnt ihr mit zu mir nach Hause kommen! Dort habe ich Hunderte von diesen Liedern!"

Inzwischen raste der Mercedes wieder auf der Autobahn dahin. Riesige Hinweisschilder kündigten die nächste Raststätte an.

"Wir müssen nur kurz einmal Halt machen. Seht ihr dort drüben! Am Straßenrand ist eine Raststätte. Hier halten wir mal an! Nachher fahre ich euch dann wieder nach Hause! Es wird nämlich bald dunkel und eure Familien machen sich bestimmt bald Sorgen."

Die Frau lenkte den Mercedes ruhig und sicher die nächste Abfahrt hinunter und stellte das Fahrzeug auf den Parkplatz vor der Raststätte "Zum Teufelsbraten" ab.

Ein paar Kastanien- und Kirschbäume standen links und rechts neben dem Gebäude und auf den Feldern sah man weit und breit nur Roggen, Gerste und Hafer. Vögel flogen in Scharen auf die Kirschbäume zu und stürzten sich auf die wenigen Früchte. Mit lautem Gezeter verscheuchten sie ihre Artgenossen.

"Am besten, ihr bleibt hier! Ich muß nur kurz was erledigen. Bitte wartet hier." und schon öffnete die Frau die Autotür und lief mit großen Schritten auf die Raststätte zu.

"Irgendwas paßt mir an dieser Frau nicht!"

Denise runzelte die Stirn und dachte angestrengt nach. Eigentlich wollte sie gar nicht so schnell wieder nach Hause. Mutter war sowieso noch nicht da und Ben telefonierte bestimmt wieder stundenlang mit `nem Kumpel oder er saß auf seinem Bett und blätterte in Zeitschriften herum, die er sonst vor der Mutter versteckte. Denise kannte diese Hefte, in denen Frauen und Männer in ganz bestimmten Situationen dargestellt wurden.

`Ob Ben schon einmal was mit `nem Mädchen hatte?` überlegte sie. Ab und an brachte Ben ja ganz nette Jungs mit. Auf manche hatte Denise schon mal ein Auge geworfen. Aber einen richtigen, festen Freund hatte sie bisher noch nicht gefunden, obwohl sie sich manchmal danach sehnte.

Nicole hob nachdenklich den Kopf. Auch sie zweifelte:

"Wieso hat die Mundt nie etwas von einer Tochter erzählt?"

"Das stimmt, irgendwie ist das komisch! Was meinst du, wollen wir lieber abhauen?"

"Wohin denn? Bis zur nächsten Stadt ist es noch weit und es wird bald dunkel. Laß uns lieber noch hier bleiben! Nur mal auf Toilette muß ich!"

Die Mädchen liefen aufs Feld.

"Hunger und Durst habe ich auch!" meinte Nicole.

Mit der allmählich einsetzenden Dunkelheit wurden die Mädchen unruhig. Sie hatten Angst. Nur zögernd stiegen sie in den großen Wagen ein.

Doch ehe sie es sich noch anders überlegen konnten, stand die Frau in ihren blauen Bermudas bereits wieder vor der Autotür und stieg geschwind in ihr Fahrzeug.

Für einen Moment wurde ein riesiger, blauer Fleck an ihrem Hals sichtbar, doch schnell zupfte sie den Kragen der Bluse wieder hoch, so daß die Mädchen nicht mehr wußten, ob das Gesehene der Wahrheit entsprach oder, ob es eine Sinnestäuschung war.

Womöglich war es auch nur der Schatten der Straßenlaterne bei einbrechender Dunkelheit. Plötzlich zuckten Blitze am dunklen Himmel und ein gewaltiger Platzregen stürzte aus schwarzen Gewitterwolken herab. Minutenlang sahen die Insassen des Autos weder Straße, noch Kneipe. Der Regen versperrte die freie Sicht nach draußen.

Die Mädchen waren eingeschlossen. Sie waren zwar im Trockenen, doch wußten sie nicht, ob es besser gewesen wäre, im Regen, aber in Freiheit, auf der Straße zu laufen. Die Mädchen spürten tief im Unterbewußten eine Gefahr auf sich zu kommen, gegen die sie sich nicht mehr zu wehren vermochten.

Die Scheibenwischer bewegten sich quietschend hin und her. Das Auto fuhr langsam an und die Frau blickte ernst und konzentriert auf die Straße.

Die Mädchen rutschten enger zusammen und Nicole griff nach Denis` Hand. Beide hielten sich zitternd fest.

"Am besten, wir rufen nachher eure Eltern an." während die fremde Frau mit den Mädchen sprach, lenkte sie ihr Fahrzeug einer Autobahnabfahrt entgegen. Ein Ortsschild mit der Aufschrift `Malburg` kündigte die nächste Stadt an.

Draußen blitzte und donnerte es. Die Häuser und Straßen der Großstadt, in die der silbergraue Mercedes einbog, waren nur undeutlich zu sehen. Schemenhaft glitt alles an den Augen der Mädchen vorbei. Undeutlich nur nahmen sie die Lichter und Reklameschilder der vielen Geschäfte war. Nur wenige Menschen kämpften sich durch die Innenstadt. Plötzlich bremste der Wagen und blieb vor einer alten, hohen Villa stehen.

"Wir sind am Ziel! Kommt! Steigt aus und beeilt euch! Ihr werdet sonst ganz naß!"

Die Frau schloß das Auto ab und lief an den Mädchen vorbei, öffnete ein großes Tor und schob die Kinder sachte auf den Hof. Schnell steckte sie den Schlüssel ins verrostete Schloß und ächzend ging die Tür mit dem hohen Bogen auf.

Nachdem die Fremde das Licht angeknipst hatte, führte sie die Mädchen eine knarrende Holztreppe hinauf und in ein hohes, geräumiges Zimmer hinein.

"Setzt Euch dort an den Kamin! Ich hole Euch trockene Sachen, sonst werdet ihr noch krank!"

Kurze Zeit später tauchte sie wieder auf und brachte den Kindern trockene Nickys, Hosen und Unterwäsche.

"Ist von meinen beiden Mädchen, die sind mittlerweile rausgewachsen. Sie wohnen auch nicht mehr hier." erklärte sie den beiden. "Habt ihr Durst?"

Sie ließ die Kinder kaum ausreden, sondern verschwand

sofort wieder, um dann abermals mit zwei Gläsern Cola durch die riesige Holztür einzutreten.

"Hier nehmt Euch!" Bei diesen Worten reichte sie den Mädchen die Gläser. "Ich gehe mal eben telefonieren! Gebt mir mal die Telefonnummern eurer Eltern! Mein Handy ist nämlich kaputt."

Nicole und Denise saßen auf einmal allein in einem fremden Haus. Obwohl es draußen wieder aufgehört hatte zu regnen, tropfte es noch immer von einer Trauerweide auf die Erde und in die Pfütze. Die Straße vor dem Tor glänzte im Licht der Lampen und weit und breit war keine Menschenseele zu entdecken. Sie schien hier in dieser Gegend ausgestorben zu sein.

Plötzlich machte sich eine alte Wanduhr bemerkbar. Ihr goldenes Pendel schwang gemächlich hin und her und ein heller Gong kündigte die zweiundzwanzigste Stunde an.

Nicole und Denise mußten sich gleichzeitig hinsetzen.

"Mir ist so komisch! Ich bin so müde!" klagt Nicole.

Auch Denise verdrehte bereits die Augen.

Die Mädchen hatten noch nicht einmal bemerkt, daß anstelle der Frau zwei Männer das Haus betraten und leise die Eingangstür hinter sich verschlossen hatten. Vielmehr sanken sie in einen tiefen Schlaf und spürten weder die Fesseln, die man ihnen anlegte, noch den kalten Fußboden im Keller und sahen den Schlüssel nicht, der die Tür versperren und den Kindern die Flucht vereiteln sollte.

4. KAPITEL

Es war Montag, der 21. Juli.

Marion war aus einem Alptraum hochgeschreckt. Benommen saß sie auf ihrem Bett. Für Sekunden wußte sie nicht, wo sie war. Erst langsam kamen die Erinnerungen wieder. Die Tabletten, die sie am Vorabend zu sich genommen hatte, hinterließen einen dumpfen Schmerz im Kopf und vor ihren Augen begann sich das Schlafzimmer im Kreis zu drehen. Die Frau legte sich noch einmal auf das Bett, schloß die Augen und versuchte sich zu entspannen. Seit achtundvierzig Stunden hatte sie das erste Mal wieder geschlafen.

"Nicole, wo bist du?" flüsterte sie und allmählich reagierte ihr Körper wieder auf die Befehle des Gehirns. Marion hockte sich auf den Bettrand und drehte das Radio an. Ganz langsam drangen die Worte eines Liedes in ihr Bewußtsein:

"Weißt du, wer ich war? Weißt du wer ich bin? Bettler oder Königin..."

Marions Augen wanderten zum Spiegel.

"Die Spiegel zeigen dich mit anderem Gesicht..." und mich erkenne ich auch nicht mehr! dachte die junge Frau. Was ist aus mir geworden? Wer bin ich?

Ein blasses Gesicht mit dunklen Augenrändern und schmalen, weißen Lippen schaute sie an. War das wirklich ihr Gesicht? Hatte sie sich so verändert, daß sie sich noch nicht einmal selbst erkannte?

Marion war schon seit einigen Jahren arbeitslos. Als Agraringenieurin hatte sie kaum Chancen im alten Beruf unterzukommen. Sie war, wie man das so ausdrückte, überqualifiziert. Vergeblich hatte sie im Osten Deutschlands nach einer neuen Arbeit, einer neuen Aufgabe gesucht. Zu spät.

Mit Vierzig war sie bereits außer Konkurrenz. In der neuen Welt war sie noch nicht angekommen, doch hatte man sie bereits abgeschoben. Marion verstand das nicht. Sie hatte in ihrem Leben soviel geleistet und doch schien man sie nicht mehr zu brauchen.

Alle guten Jobs waren längst vergeben und Umschulungen gab es nur noch für sozial Bedürftige. Da ihr Mann aber eine gut bezahlte Arbeit hatte, mußte Marion, mit ihrem nicht mehr gebrauchten Wissen, an den Kochtopf zurück und den Haushalt in Ordnung halten. Anfangs war das auch nicht problematisch, denn es gab ja genug nachzuholen. Endlich konnte sie mal in aller Ruhe aufräumen, putzen, polieren, kochen und backen. Aber mit der Zeit gab es immer weniger zu tun. Marion saß oft stumpfsinnig herum. Grübelte viel zuviel und kam sich allmählich überflüssig vor. Und zum Schluß verlor sie auch noch ein Kind, das sie seit drei Monaten unter ihrem Herzen getragen hatte. Sie gab sich selbst die Schuld an diesem Unglück. Sie hatte es nicht geschafft, das winzige Lebewesen zu halten, an sich zu binden. Die Fehlgeburt raubte ihr die letzten Kräfte und als dann noch im letzten Winter ihre Mutter starb, verlor Marion das Interesse an jedem Tag. Tochter und Mann erreichten sie nicht. Sie vertraute ihren eigenen Kräften nicht mehr, gab sich selbst auf. Nicole rückte immer weiter von ihr ab. Marion war nicht mehr in der Lage, dem Kind eine Stütze zu sein. Sie vermochte ihm weder in der Schule noch bei seinen Sorgen zu helfen. Anstatt zu einem Facharzt zu gehen, wurde sie nur noch aggressiver.

Einmal, es war an einem warmen Tag im Mai, erfaßte Marion eine seltsame innere Unruhe. Irgend etwas mußte sie tun. Sie wollte irgend was Nützliches vollbringen.

Am besten, so meinte sie, wasche ich erstmal Gardinen, dann könnte ich noch die Fenster putzen, die Küche von oben bis unten säubern, Staub wischen und die Schränke aufräumen.

Es war viel, was sie sich da vorgenommen hatte und während sich draußen, bei diesem schönen Wetter, die Kinder tummelten, putzte und wienerte Marion den ganzen Tag hindurch. Am späten Abend dann, als sie erschöpft, aber zufrieden auf dem Sofa lag und sich über ihre blitzsaubere Wohnung freute, kam Uwe nach Hause und blickte mißmutig zur Tür herein:

"Was hast du die ganze Zeit gemacht" , schimpfte er. "Wo ist mein Essen. Ich bin den ganzen Tag unterwegs, arbeite bis zum Umfallen und was machst du? Liegst auf dem Sofa und träumst vor dich hin. Wenn du schon zu Hause bist, kannst du wenigstens mein Essen vorbereiten. Du weißt ja, daß ich den ganzen Tag nichts Vernünftiges bekomme."

Marion war beleidigt: "Mach doch dein Essen selber! Ich bin doch nicht dein Dienstmädchen!"

"Bist du oder ich zu Hause?" Uwes Gesicht verfärbte sich.

"Hat mich denn jemand danach gefragt, ob ich die Hausfrau spielen will?" sie sprang wütend vom Sofa auf und lief in die Küche.

"Laß das! Jetzt kann ich`s auch selber machen!" fuhr Uwe dazwischen und wollte ihr den Teller, den sie gerade aus dem Schrank geholt hatte, aus der Hand nehmen.

"Nein! Ich mach das schon!" zischte sie zurück. "Setz du dich nur hin und versteck dich hinter deiner Zeitung! Tu bloß nicht so, als ob du mir helfen willst!"

Bei den letzten Worten riß Uwe seiner Frau den Teller aus der Hand und schmiß ihn zu Boden, drehte sich auf der Stelle um und lief in den Flur. Schnell zerrte er seine Jacke vom Haken und verließ fluchtartig die Wohnung.

Marion hockte sich nieder und sammelte langsam die Scherben ein. Dabei wischte sie verstohlen ein paar Tränen von den geröteten Wangen.

Sie war noch tagelang beleidigt und überhaupt nicht mehr ansprechbar. Wütend zog sie sich in ihr Schneckenhaus zurück.

So kam es dann, daß Uwe immer länger in der Schule zu tun hatte, immer später zu Hause erschien und immer früher die eheliche Wohnung verlassen mußte. Er ertrug die ständigen Nörgeleien seiner Frau nicht mehr. Er konnte es nicht mehr hören! Immer kam sie mit den gleichen Problemen, ständig machte sie ihm aufs Neue Vorwürfe. Obwohl er sie verstand, regte ihn alles doch mächtig auf.

"Hör endlich auf mit deinem Gejammer! Ich weiß doch auch nicht mehr, wie ich dir noch helfen soll! Bleib doch ruhig! Wir werden schon noch was für dich finden..."

Enttäuscht und wütend ließ er von seiner Frau ab. Er kam einfach nicht an sie heran. Manchmal verstand er Marion eben nicht. Manchmal ging ihm alles auf die Nerven und wenn dann die Tochter noch mit schlechten Mathezensuren heimkam, war es mit seiner Geduld zu Ende. Wütend schimpfte er auf das Mädchen ein, denn er verstand nicht, wieso sein Kind in diesem Fach nur noch Vieren und Fünfen schreiben konnte und in Deutsch und Zeichnen die Beste in der Klasse war. Obwohl er als Lehrer seine Schüler gut einschätzen konnte, vermochte er nicht, sich in die Lage der eigenen Tochter zu versetzen.

Sein Jähzorn vergiftete die ohnehin schon angeheizte Atmosphäre. Wie konnte ihn die eigene Tochter so demütigen.

"Wie kannst du uns das antun?" vorwurfsvoll und enttäuscht schickte er das Kind in sein Zimmer, anstatt mit ihm und der Mutter nach einem vernünftigen Ausweg aus dieser schwierigen Lage zu suchen. Strafen waren seine Argumente. Wie konnte seine Tochter in Mathe auch so schlecht sein? War er doch damals der Klassenbeste in diesem Fach gewesen.

Uwe hatte keine Zeit, Frau und Tochter zu helfen und Marion regte sich innerlich so heftig auf, daß sie zusammenbrach und ihr drei Monate altes Geheimnis verlor.

In dieser schwierigen Zeit entfernte sich Nicole immer mehr von den Eltern. Es gab nur noch Zank und Streit. Keiner ging mehr auf den anderen zu. Jeder baute um sich herum eine Mauer aus Schweigen. Das Schlimmste aber war, daß Nicole alles nach Außen verheimlichen mußte. Niemals durfte auch nur ein Sterbenswörtchen das Ohr eines Fremden erreichen. Uwes Jähzorn kannte keine Grenzen. Aber alles passierte nur in den verschwiegenen vier Wänden ihrer Wohnung. Die Öffentlichkeit durfte davon nichts erfahren. Nicole schwieg. Das, was zu Hause passierte, war passè.

Solange, wie Großmutter noch lebte, war jemand da, der sich zwischen Vater und Tochter stellte, aber nach ihrem Tode war Nicole allein. Die Mutter hatte sich durch ihre eigenen Probleme in sich zurückgezogen. Mutter und Tochter, so meinte Nicole, hatten sich nichts mehr zu sagen.

Anfangs litt Nicole sehr darunter, doch seitdem sie eine enge Freundschaft mit Denise verband, seitdem spürte Nicole immer weniger das Bedürfnis zurückzukehren und als sie dann plötzlich nicht mehr nach Hause kam, brach für die Eltern eine Welt zusammen.

Marion und Uwe waren völlig verwirrt. In ihrer Sorge um das einzige Kind gingen sie endlich wieder aufeinander zu. Nur gemeinsam konnten sie das Liebste, was sie auf der Welt besaßen, wiederfinden.

*

Für Montag früh, gegen Zehn, hatte sich eine Polizei-psychologin angekündigt. Pünktlich klingelte es an der Wohnungstür und eine Frau mittleren Alters trat in die Stube der Schmidts. Ohne lange Vorreden begann die Psychologin mit ihren routinemäßigen Fragen:

"Könnte es sein, daß die Mädchen aus ganz bestimmten Gründen verschwunden sind? Sind sie vielleicht abgehauen? Gab es Ärger, in der Schule, mit Freunden oder zu Hause? Gibt es Verwandte oder Freunde zu denen die Mädchen gegangen sein könnten?"

Marion schaute Uwe fragend an: "Darüber haben wir auch schon nachgedacht! Wir haben überall angerufen, doch die Mädchen sind nirgendwo."

Frau Adam, die Polizeipsychologin, hüstelte.

"Bitte nehmen Sie mir diese Fragerei nicht übel, aber wir müssen versuchen, die Gründe für das Ver-schwinden der Kinder zu finden, denn es könnte ja auch sein..." Frau Adam war verlegen. "Es könnte ja auch sein, daß man die Kinder entführt hat. Aber das nehmen wir natürlich erst als letzte Möglichkeit an." versuchte sie sofort einzulenken, als sie die erschrockenen Gesich-ter der Eltern sah.

"Also, könnte es sein, daß die Mädchen absichtlich abgehauen sind?"

"Ich glaube, wir haben ein bißchen zu sehr mit ihr wegen der Mathe "5" geschimpft!" Marion hielt den Kopf gesenkt.

"Meistens sind das aber nicht die einzigen Gründe für ein Verschwinden?"

"Ich weiß nicht? Aber Nicole kam in letzter Zeit öfter weinend nach Hause! Ich vermute, es gab wieder Ärger mit ihren Mitschülern. Ich sage ja immer, sie ist einfach zu ruhig und frißt alles in sich hinein. Sie sollte sich nicht alles gefallen lassen!"

Uwe Schmidt nahm ein Taschentuch aus der Hosentasche und schneuzte sich verwirrt.

Die Psychologin saß auf dem Sofa und notierte sich alles, dann überlegte sie einen Augenblick, wobei sie die Eltern des verschwundenen Mädchens aufmerksam musterte. Oft ist den Angehörigen gar nicht bewußt, in welcher verzweifelten Lage sich ihre Kinder befinden. Sie spüren nur eine unbekannte Macht, eine unsichtbare Barriere zwischen sich und dem eigenen Nachwuchs. Sie kommen einfach nicht an das Mädchen oder den Jungen heran, finden keine gemeinsame Sprache mehr. Und anstatt miteinander zu reden, gibt es entweder nur noch Streitigkeiten oder aber man schweigt sich an. In den zwanzig Jahren ihres Berufslebens hatte Frau Adam oft ähnliche Situationen erlebt und da spielte es keine Rolle, ob jemand pädagogisch vorgebildet war oder nicht. Manchmal kam es gerade in diesen Familien zu solchen Problemen, weil die Eltern oft beide berufstätig und häufig außer Haus waren, und kaum Zeit fanden, sich um die Kinder zu kümmern. Oft kamen die Eltern mit ihrer eigenen neuen Rolle nicht zurecht. Sie wollten nicht zulassen, daß aus ihren Kindern Erwachsene wurden. Sie gingen diesen so bedeutsamen Schritt nicht mehr mit. Sie blieben einfach auf der Strecke und fragten nach dem "Warum".

"Daß wir Denis` Jacke gefunden haben, wissen Sie ja bereits! Wir vermuten, die Mädchen sind Richtung Autobahn!"

Marion dachte: ‚Soweit waren wir auch schon!` und schaute Uwe dabei stumm an.

"Leider haben wir noch keine Hinweise aus der Bevölkerung erhalten. Erfahrungsgemäß dauert das auch etwas länger, zumindest an den Wochenenden. Die Polizei wird noch einmal die gesamte Umgebung mit

Spürhunden absuchen und per Hubschrauber werden wir das nähere Umfeld inspizieren!"

Marion wurde plötzlich lebhaft: "Könnte ich da mitfliegen?"

"Das muß ich vorher im Präsidium klären. Ich kann Ihnen nichts versprechen."

"Bitte, tun Sie das. Dann säße ich nicht so nutzlos hier zu Hause herum! Vielleicht kann ich von oben mehr erkennen?"

"Gut! Ich denke, das wars für's erste. Bisher habe ich es immer so gehandhabt, daß ich regelmäßig, manchmal sogar stündlich, die Eltern oder Verwandten der Verschwundenen aufgesucht und sie über jede noch so kleine Neuigkeit informiert habe. Außerdem stehe ich Ihnen Tag und Nacht zur Verfügung. Wenn Sie also Fragen haben, bitte zögern Sie nicht eine Sekunde, sondern rufen Sie mich sofort an. Ja? Ansonsten komme ich jeden Tag bei Ihnen vorbei und teile Ihnen den neuesten Stand der Untersuchungen persönlich mit."

Frau Adam fingerte eine Visitenkarte aus ihrer Jackentasche und reichte sie der jungen Frau.

"Sollte Ihnen noch etwas Wichtiges einfallen, informieren Sie mich umgehend!" Bei diesen Worten erhob sich die Polizistin und ging zur Tür. "Ich rufe Sie selbstverständlich an, wenn der Hubschrauber eingesetzt werden soll! Vermutlich passiert das noch heute Vormittag."

Marion war froh, bei der Suche nach ihrer Tochter mithelfen zu können.

*

Und sie brauchte auch nicht lange warten. Ungefähr zwei Stunden später meldete sich Frau Adam und teilte ihr mit, daß die Polizei ihren zweiten Großeinsatz gestartet hätte und daß, wenn sie mitfliegen wollte, ein Hubschrauberpilot und ein Mann von der Kripo auf sie warten würden.

Marion zögerte nicht lange. Es war, als ob dieses Angebot all ihre Lebensgeister geweckt hätte. Sie konnte wieder hoffen. Und vielleicht war es möglich, daß sie von oben mehr sehen konnte. Vielleicht, so wünschte sie sich im Stillen, fand man einen Hinweis zum Aufenthaltsort ihrer Tochter. Womöglich fiel ihr irgend etwas Unnormales, etwas Besonderes auf. Zumindest war sie eine gute und genaue Beobachterin und letztendlich sahen sechs Augen mehr als vier.

Es war Montagmittag, als sich der Polizeihubschrauber in die Lüfte erhob. Der Regen hatte nachgelassen und die Sonne schob sich allmählich wieder hinter einer grauen Wolkenschicht hervor. Überall funkelten die Regentropfen im Licht der Sonnenstrahlen und ein Regenbogen erhob sich wie eine bunte Brücke am Horizont.

Als der Hubschrauber immer höher stieg und seinen Rundflug begann, konnte Marion einen tiefen Seufzer nicht mehr unterdrücken. Er war Ausdruck ihrer Hoffnung. In ihr wuchs die Kraft, eine übermenschliche Kraft, die nur eine Mutter empfinden kann, die verzweifelt nach einem Lebenszeichen des eigenen Kindes sucht und die sich an jeden noch so kleinen Strohhalm klammerte der sich ihr bot.

Marion würde nie aufgeben, ihr Kind zu suchen, auch wenn es am Ende kaum noch eine Chance gab. Trotz allem würde sie bis an ihr Lebensende auf ein Zeichen warten. Sie konnte nicht aufgeben, denn sonst würde sie sich selber verlieren. Nur, wenn man das Kind wirklich tot auffinden, wenn es vor ihr liegen würde, erst dann könnte sie auch trauern, erst dann gab es ein Ende, ein sichtbares, schreckliches Ende. Doch bis dahin gab sie nicht auf, sondern setzte alle Hebel in Bewegung, um nach ihrem eigenen Fleisch und Blut zu suchen. Koste es, was es wolle.

Sie würde alles versuchen. Da war ihr jedes Mittel recht. Sie wollte suchen, suchen und nochmals suchen...

Während Marion die Felder, Wiesen und Wälder mit einem Fernglas systematisch absuchte, bot sich ihrem Auge eine unbeschreiblich schöne Natur. Doch sie bemerkte das alles überhaupt nicht. Fieberhaft tastete sie jedes sichtbare Fleckchen Erde nach einem Lebenszeichen ihrer Tochter ab. Dabei tränten ihre Augen und die Hände zitterten. Ihr Herz klopfte laut und schnell, während alle Sinne nach dem Kind riefen. Sie murmelte unaufhörlich den Namen der Tochter vor sich hin.

Wenn es dich gibt, lieber Gott, flehte Marion, so zeige mir mein Kind.

Nie hatte sie an so ein Überwesen geglaubt, doch jetzt hoffte sie auf einmal, daß es ihr helfen würde.

"Gut, daß wir mittags fliegen! So kann man viel besser gucken! Frühmorgens breitet sich meist Nebel über die Elbufer aus, da dauert es lange, ehe er sich auflöst und wir klare Sicht bekommen."

Der Pilot hielt beim Sprechen sämtliche Armaturen im Auge. Ruhig und sicher lenkte er den Hubschrauber. Marion bemerkte seine tiefe, sonore Stimme, die ihr Vertrauen einflößte. Solche Männer waren ihr auf Anhieb sympathisch. Schon die Stimme allein beruhigte ihr Gemüt und gab ihr neuen Mut.

Nun meldete sich auch der zweite Mann zu Wort. Kriminalkommissar Hubert war ein sehr großer Mensch. Er hatte Mühe, seine langen Beine zwischen Sitz und Armaturen unterzubringen.

"Sehen Sie sich die Umgebung genau an. Wenn Sie wollen, fliegen wir die gleiche Strecke nochmals zurück. Nehmen Sie sich Zeit! Wir können auch tiefer runtergehen, wenn Sie etwas Auffälliges entdecken sollten. Sagen Sie nur Bescheid!"

Marion schaute hinaus auf den Flußlauf, der sich unter ihnen ausbreitete. Feldwege schlängelten sich durch die grüne Natur und Menschen bewegten sich auf ihnen entlang. Gewissenhaft suchte sie mit dem Fernglas nach einer auffälligen rot-schwarzen Jacke mit gelben Ornamenten und nach einem blonden Haarschopf. Sie schaute nach einer schwarzen Jogginghose mit seitlichen gelben Streifen und auffällig großen Knöpfen und nach Nicoles typischer Gangart, ihren schlacksigen Bewegungen. Sie mußten tiefer runter, ehe sie die Menschen noch genauer betrachten konnte. Aber Nicole war nirgends zu sehen.

Weit und breit entdeckte Marion nichts Auffälliges, keine ungewöhnliche Bewegung. Sie sah neben den wenigen Menschen nur ab und zu ein paar Hasen, einen Fuchs und Rehwild. Auch die Raststätten, die Dörfer und Städte in der näheren Umgebung schienen nichts Ungewöhnliches zu verbergen. Und nach anfänglicher Hoffnung machte sich tiefe Bestürzung in ihr breit.

Wo bist du, Nicole? Warum meldest du dich nicht? Was habe ich bloß getan? Oder hat man dich gewaltsam von mir genommen? Was ist das für eine Welt, in der Kinder verschwinden, junge, unschuldige Mädchen, die noch ihr ganzes Leben vor sich, die noch so viele Träume und Wünsche haben?

Marion wollte schreien, doch sie blieb stumm. Die Worte blieben in ihrem Hals stecken. Es waren lautlose Hilferufe und tausend Fragen, die sich auftürmten.

Was habe ich nur falsch gemacht? Warum gerade mein Kind?

Habe ich nicht schon genug durch? Habe ich das Wichtigste in meinem Leben verloren?

Marion schaute nicht mehr genau auf den Fluß, auf die

Felder, den Wald und die Wiesen. Ohnehin verschwamm jetzt alles vor ihren Augen. Regungslos saß die junge Frau auf ihrem Sitz und ließ die Schultern hängen.

Das Fernglas lag in ihrem Schoß und die Hände baumelten nutzlos an ihrem Körper herunter.

"Wir werden Ihr Mädchen schon finden! Sie dürfen jetzt nicht aufgeben! Es gibt noch viele Möglichkeiten, ihre Tochter zu suchen..."

Die Worte des Kriminalisten vermochten sie nicht zu beruhigen. Vielmehr brach aller Kummer jetzt aus ihr heraus. Marion weinte hemmungslos. Ihr Taschentuch konnte die lang zurückgehaltenen Tränen kaum auffangen und ihr schmales Gesicht wirkte noch spitzer. Ihre blonden kurzen Haare boten ein Bild heillosen Durcheinanders. Die junge Frau war in sich zusammen gefallen. Die gesamte aufgestaute Wut und Verzweiflung bahnte sich einen Weg. Sie konnte endlich die Gefühle herauslassen, endlich sich gehenlassen. Es war, als ob ihre Tränen, sie von einer zentnerschweren Last befreiten, zumindest für ein paar Minuten.

Der Pilot lenkte den Hubschrauber allmählich wieder zurück und landete kurze Zeit später auf grauem Asphalt. Nachdem Marion ausgestiegen war, schaute er noch lange hinter der gebückten, um Jahre gealterten Frau hinterher.

*

Im Wohnzimmer der Schmidts tickte leise eine Uhr. Keinerlei Geräusche drangen sonst aus dem Zimmer.

Marion saß nach vorn gebeugt in ihrem Couchsessel und hielt den Kopf zwischen die Hände gestützt. In ihr machte sich eine merkwürdige Stille breit. Marion spürte nichts. Alles in ihr war taub, wie erfroren.

Sie brauchte eine Weile, ehe sie das Klingeln an der Eingangstür registrierte. Langsam, wie in Zeitlupe, erhob sie sich und ging in den Flur. Vorsichtig blickte sie durch den Spion, ehe sie die Kette zurückschob.

Draußen wartete Denis` Mutter. Ihre schulterlangen Haare hatte sie nach hinten, zu einem Zopf, gebunden und ihren braunen Augen fehlte das Leuchten, welches Marion des öfteren bemerkt hatte.

Im Wohnzimmer saßen sich die beiden Frauen stumm gegenüber. Kerstin König, Denis` Mutter, nahm Nicoles Bild in die Hand. Marion hatte es sich auf den Couchtisch gestellt, um die Tochter immer in der Nähe zu haben.

"Die Polizei hat noch immer nichts gefunden!" Einen Moment hielt Kerstin inne, "ich weiß nicht, wie es Ihnen geht? Aber ich halte das nicht länger aus! Wir müssen was unternehmen!"

Nachdenklich stellte sie das Bild wieder zurück.

"Vielleicht, dachte ich, sollten wir uns nicht zu sehr auf die Polizei verlassen. Vielleicht sollten wir selbst auf die Suche gehen." Kerstin strich verstohlen eine widerspenstige Haarsträhne aus dem Gesicht." Zumindest sitzen wir dann nicht so nutzlos herum."

Und nach einer Pause: "Darf ich bei Ihnen rauchen?"

Als Marion nickte, holte sie Zigaretten und Streich-hölzer aus der kleinen Handtasche, die sie achtlos auf den Teppich geworfen hatte. Marion stand auf und stellte ihr einen Aschenbecher aus Glas auf den Tisch.

Hastig zündete sich Kerstin eine Malboro an und sog so gierig daran, als ginge es um den letzten Atemzug. Bevor sie weitersprach, blies sie langsam eine kleine weiße Wolke zur Deckenlampe hinauf:

"Laßt uns alle Raststätten, alle Lokale und Läden, alle Postämter in der näheren Umgebung abklappern! Am besten, wir besorgen uns `ne Landkarte und Stadtpläne und teilen uns einzelne Gebiete auf. Ihr Mann geht vielleicht in alle Kneipen im Umkreis von fünfzig Kilometern! Ich suche alle Läden, alle Verkaufsstellen ab und Sie übernehmen die Raststätten!"

Kerstin rauchte hastig und steckte sich sofort wieder die nächste Zigarette an, als die erste noch nicht einmal verglüht war. Unruhig rutschte sie auf dem Sessel hin und her. Ihr Gesicht war leicht gerötet und ihr Atem, der nach Alkohol roch, ging stoßweise:

"Sprechen sie mit ihrem Mann! Wir können uns die ganze Suche auch anders einteilen. Vielleicht nach Himmelsrichtungen. Sie suchen im Süden und Westen und ich im Norden und Osten nach den Kindern! Wie wir das machen, ist mir egal! Hauptsache, wir hocken hier nicht untätig herum."

Marion hatte die ganze Zeit nur dagesessen und zugehört. Erst ganz allmählich kam wieder Leben in die junge Frau. Vielleicht hatte Kerstin König recht und es war besser, sie warteten nicht auf die Polizei, sondern suchten selbst nach den Kindern. Marion ging zum Telefon und sprach kurz mit Uwe, der sofort einverstanden war und versprach, in ein paar Minuten vorbeizukommen.

"Ich bringe gleich Stadtpläne und Landkarten mit. Ich beeile mich..." meinte er.

Marion ging in die Küche und kam mit zwei Tassen zurück. Und während die beiden Frauen den heißen Kaffee tranken, diskutierten sie bereits fieberhaft über die nächsten Schritte.

"Am besten wäre es", dachte Marion laut nach. "Wir sehen uns die Umgebung im Computer an!"

Kurzerhand führte sie ihren Besuch ins Schlafzimmer. Erstaunt über die Größe dieses Raumes, bemerkte Kerstin König den Computer erst beim näheren Hinschauen. Er stand auf einem rustikalen Schreibtisch, der wiederum mit mehreren Aktenordnern, Heftern, Lochern, Schere und Stiften vollgepackt war.

Marion setzte sich auf den grauen Drehstuhl und schaltete den Computer ein. Es dauerte einen Moment, ehe sie die Tastatur bedienen konnte. Mit Hilfe einer CD rief sie sämtliche Straßen, Orte und Ortsteile der näheren Umgebung auf, suchte in detaillierten Karten bekannte und unbekannte Gegenden heraus und betätigte nicht nur einmal den etwas langsamen Drucker, der laut stöhnend seine Arbeit verrichtete.

Anschließend zeichneten Marion und Kerstin in verschiedenen Farben die Abschnitte ein, die jeder aufsuchen sollte. Allmählich steigerten sich die Frauen so in ihre Arbeit hinein, daß sie Uwes Ankunft zuerst überhaupt nicht bemerkten.

*

Wenig später saßen alle drei um den rechteckigen Eßtisch vor der Durchreiche und breiteten eine Landkarte, einen Stadtplan nach dem anderen aus. Die große Pinnwand, die sonst in Nicoles Zimmer hing, legte Uwe auf den Teppich. Mit kleinen bunten Nadeln markierte er die nächsten Ziele. Jede Raststätte, jede Poststelle, jeder Laden und jede Kneipe erhielten eine ganz bestimmte Farbe. Jeder Familie wurde ein bestimmter Bereich zugeteilt. Es wurde genau besprochen, worauf man besonders achten, welche Fragen gestellt und welche Fotos gezeigt werden sollten. Ein jeder wollte Bilder der Kinder mitnehmen.

Ferner einigten sie sich auf festgelegte Zeiten, an denen sich die Erwachsenen treffen wollten. Die Lokale dafür wurden vorher bestimmt.

Die Drei arbeiteten mit Feuereifer. Und man verstand sich auch ohne viele Worte, denn es mußte schnell gehandelt werden. Es galt, keine Zeit zu verlieren.

Marion und Uwe wollten gemeinsam den Süden und Kerstin den nördlichen Teil der Umgebung absuchen.

Es war ein äußerst schwieriges und aufwendiges Unterfangen, aber keiner zögerte auch nur eine Sekunde. Alle waren froh darüber, etwas bewegen zu können. Keiner der drei Menschen wollte tatenlos herumsitzen und warten. Man wollte Tag und Nacht nach den Kindern suchen. Koste es, was es wolle...

*

Die Stunden vergingen. Es wurde bereits dunkel. Wieder regnete es und die Straßen glänzten. Es war nicht mehr so heiß, wie an den Vortagen und ein stürmischer Südwestwind fegte durch die engen Gassen der Großstadt. Die Straßenbahn fuhr quietschend auf die nächste Kreuzung zu. Leise fluchte Uwe. Gerade die verwinkelten Straßen der Altstadt machten ein schnelles und zügiges Durchfahren unmöglich. Die vielen Baustellen behinderten noch zusätzlich den stockenden Verkehr.

Links und rechts standen vierstöckige Häuser, deren Putz, oder was davon noch übrig geblieben war, herunterbröckelte. Marion stellte fest, daß vor mehreren Fenstern die Gardinen fehlten. Vermutlich gab es hier viele Obdachlose, die sich ein bezahltes Dach über dem

Kopf nicht mehr leisten konnten.

Marion und Uwe hatten nach und nach in allen Post-
ämtern, allen Lokalen und Kaufhallen nach den
Mädchen gefragt, aber nicht eine Menschenseele konnte
sich an die Kinder erinnern. Niemand hatte sie gesehen.
Nur durch die Fotos im Fernsehen und in den Zeitungen
war man auf die Kinder aufmerksam geworden. Die
Mädchen waren wie vom Erdboden verschwunden!

Am Eingang einer Riesenkaufhalle trauten die Eltern
ihren Augen nicht mehr. Direkt über der großen Drehtür
erkannten sie die Gesichter von Nicole und Denise auf
einem Bildschirm. Marion wurde es ganz heiß. Ihre
Hände wurden feucht, als sie die Eingangshalle betraten. Sie griff nach dem Arm ihres Mannes, um das
Gleichgewicht nicht zu verlieren und ihr Gesicht wurde
immer bleicher.

Fast hätte sie in der Aufregung den Fuß nicht richtig auf
die Rolltreppe gestellt und wäre beinah gestolpert, doch
Uwe spürte die Unruhe seiner Frau. Er half ihr beim
Betreten der Stufen und drückte beruhigend ihren linken
Arm.

Als sie an der Kasse ohne Korb standen, wollte die
rundliche Verkäuferin gerade schimpfen. Doch ihr
blieben die Worte im Mund stecken, als Uwe ihr
vorsichtig Bilder der Mädchen zeigte.

Laut hallte ihre Stimme durch die Halle: "Das sind doch
die beiden Kleinen, die man entführt hat?"

Und noch ehe sie weiterreden konnte, bildete sich
bereits eine kleine Menschentraube um die Eltern. Sie
wurden umringt von Männern und Frauen, Kindern und
Greisen, die alle durcheinander redeten. Ein lautes,
erregtes Stimmengewirr erfüllte den hohen Raum und
zog immer mehr Neugierige an. Und obwohl den Eltern
eine Welle des Mitgefühls entgegenströmte, obwohl die
meisten Menschen helfen wollten, war das Ende dieser

Suchaktion wieder der Ausgangspunkt tiefer Enttäuschung und hilfloser Wut.

Doch ein einziges Lokal, eine Autobahnraststätte, hatten die Schmidts noch nicht aufgesucht. Und genau in diesem Wirtshaus arbeitete eine Frau mit lockigen blonden Haaren. Gemeinsam mit ihrem Mann leitete sie dieses Haus.

*

Die Gaststätte "Zum Teufelsbraten" war sehr beliebt.

Schon beim Betreten des Lokals, schwebten dem Besucher vielerlei Düfte in die Nase. Der Raum selber hüllte sich in gedämpftes Licht ein und leise Musik erreichte das Ohr des Gastes. In der Mitte des Restaurants stand ein riesiger runder Tresen und in seinem inneren Kreis liefen zwei Kellnerinnen in kurzen Röcken, mit langen, schönen Beinen, geschäftig hin und her.

In den Nischen standen kleine Tische für zwei bis vier Personen und an den Wänden hingen Bilder aus Urgroßmutters Zeiten, alte Pässe, Landkarten und Urkunden und auf den Regalen standen vergilbte Bücher und Brotkästen. Vor den Fenstern hingen Strohpuppen und Brockenhexen, die selbstgestrickte Strümpfe, Schuhe und Jacken trugen. Lustige, gebogene Drahtgestelle dienten den Hexen als Brille, mit denen sie das gesamte Lokal überschauen konnten. Von der Decke hingen Grünpflanzen, so daß man das Gefühl hatte, mitten im Urwald zu sein.

An der Theke lungerten drei Männer herum. In der Hand hielten sie entweder einen Krug mit Bier oder ein Glas Cognac.

Marion und Uwe machten große Augen, als sie diese

Gaststätte betraten. Es war kaum möglich, alle Eindrücke auf einmal zu verarbeiten. Und als sie der Wirtin ihr Anliegen vortrugen, bemerkten sie vor Aufregung den unruhigen Blick dieser Frau nicht. Ihnen entgingen auch die fahrigen und hastigen Bewegungen Manuela Dorenwendts, der Chefin des Hauses, denn sie wußten nicht, daß sie die sonst so selbstsichere Frau durcheinander gebracht hatten.

Marion erzählte der Wirtin von ihrer Tochter. Sie beschrieb ihre eigenen Ängste, ihren Kummer. Sie zeigte die Bilder und zum Schluß holte sie die letzte Zeichnung ihrer Tochter aus der Handtasche hervor. Es war: "Das Mädchen mit dem Schwefelhölzchen."

"Dieses Märchen ist die Lieblingsgeschichte meiner Tochter. Meine Mutter las sie ihr oft vor dem Ein-schlafen vor. Meine Mutter, wissen Sie, ist letzten Winter gestorben und unser Kind hat das bis heute nicht verkraftet. Immer malt sie die selben Bilder. Sie sitzt oft da und ich erreiche sie gar nicht! Sie hört mir gar nicht zu. Immer denkt sie an Oma. Es ist schlimm, ohne meine Mutter.... Erst, wenn man einen Menschen verloren hat, erst dann weiß man, wie wichtig er für uns war."

Marion drehte sich zur Seite, Tränen liefen über ihre Wangen.

Manuela Dorenwendt mußte an sich halten. Die Fremde tat ihr leid. Doch sie konnte sich nicht offen zu erkennen geben. Es war das erste Mal, daß sie so deutlich sehen konnte, was das Treiben ihres Mannes angerichtet hatte. Bisher hatte sie sich auch da rausgehalten. Eigentlich kümmerte sie sich nicht um seine zwielichtigen Geschäfte, aber dieser Fall ging ihr unter die Haut. Es gab gewisse Parallelen zu ihrer eigenen Kindheit. Erinnerungen tauchten plötzlich auf. Eigene, überwunden geglaubte Gefühle drangen aus uralter Tiefe ans Licht.

Trotzdem konnte sie sich nicht selbst verraten. Sie würde damit alles aufgeben. Ihr ganzes, verpfuschtes Leben würde auffliegen, ihr mühsam aufgebautes Lebenswerk wäre mit einem Schlag zerstört und würde in sich zusammenfallen. Die vom Munde abgesparten Raten, die Kneipe, alles wäre dann umsonst gewesen. Manchmal wünschte sich Manuela die Mauer wieder her. Manchmal, so dachte sie, ginge es ihr dann wieder besser. Sie hätte dann bestimmt keine Million Schulden und ihr Leben würde sich wesentlich ruhiger gestalten als heute.

Während Manuela Dorenwendt noch grübelte, wandten sich Uwe und Marion bereits dem Kneipenausgang zu. Beide waren innerlich ausgepumpt. Im Auto fanden sie keine Worte mehr.

Die Minuten verrannen, doch es blieb still im Fahrzeug. Vielleicht würde ein lauter Streit die Atmosphäre etwas reinigen. Nur für eines waren sie ungeheuer dankbar, sie mußten diese schweren Stunden nicht allein bewältigen. Sie saßen dicht beieinander und stützten sich gegenseitig.

*

Ganz anders erging es der Mutter von Denise.

Ihre Eltern waren zwar bereits auf dem Weg zur Tochter, waren in den nächsten Zug, der zu ihr fuhr, eingestiegen, doch das Verhältnis zwischen Mutter und Tochter war nach der Scheidung merklich abgekühlt. So kam es, daß man sich sehr selten besuchte und die Kinder keine engere Beziehung zu den Großeltern aufbauen konnten. Denise beschwerte sich oft über die ständigen Nörgeleien der Großmutter und Ben hörte überhaupt nicht mehr hin, was sie zu ihm sagte.

Auch Kerstin ärgerte sich oft über manche spitze

Bemerkung zu ihrem jetzigen Lebenswandel. Die Eltern konnten nicht verstehen, daß sie um den Vater ihrer Kinder nicht gekämpft, daß sie ihn einfach gehen lassen hatte.

Trotzdem freute sie sich über den Besuch der Eltern. Kerstin brauchte dringend Hilfe. Allein ertrug sie diese schwere Last nicht. Sie wollte sich nicht eingestehen, daß ihre stundenlange Suche umsonst, daß sie keinen Schritt weiter gekommen war. Vielmehr saß sie zu dieser Stunde in ihrer Wohnung und telefonierte gerade mit ihrem Ex-Mann:

Ihre Stimme überschlug sich fast, als sie ungehalten in den Telefonhörer hineinschrie:

"Was bildest du dir überhaupt ein, wer du bist? Du warst doch derjenige, der uns verlassen hat wegen dieser, dieser Hure! Du hast doch deine Familie im Stich gelassen und bist einfach abgehauen!"

Hastig steckte sich Kerstin die nächste Zigarette an. Dann nahm sie wieder einen Schluck aus der Schnapsflasche, die sie bereits halbleer getrunken hatte.

"Komm gefälligst her und hilf mir! Deine Tochter ist fort! Sie ist einfach weg! Verschwunden und ich weiß nicht wohin!"

Tränen liefen über Kerstins Wangen in den Ausschnitt ihrer Bluse. Verzweifelt versuchte sie ruhig zu bleiben.

"Und anstatt gleich zu mir zu kommen, mir zu helfen, besitzt du die Frechheit, mir die Schuld in die Schuhe zu schieben! Warum muß ich denn Tag und Nacht schuften? Für ein paar lumpige Pfennige? Warum habe ich keine Zeit für unsere Kinder?"

Kerstin versuchte nicht mehr, sich zu beherrschen. Sie nahm die beruhigenden Worte ihres ehemaligen Mannes nicht in sich auf.

"Und da fragst du nicht mal, wie ich das schaffen soll.

Nein! Nein! Das interessiert dich nicht die Bohne! Aber, wenn dann die Katze in den Brunnen gefallen ist, wenn alles bereits zu spät ist, ja, dann beginnt der feine Herr sich an seine abgelegte Familie zu erinnern! Dann schiebt er jede Verantwortung weit von sich! Sauber! Sauber! Eine feine Art, sich aus der Affäre zu ziehen! Du bist mal wieder echt zum Kotzen!!!"

Wütend knallte Kerstin den Hörer auf das Telefon, stand auf und stapfte, laut murmelnd, hin und her. Was hatte sie nur falsch gemacht? Hatte sie zu hohe Ansprüche an ihre Ehe gestellt?

Am Ende dieser Partnerschaft gab es nur noch Zank und Streit. Manchmal flogen die Fetzten. Selbst vor den Kindern nahm er keine Rücksicht. Sie war es doch, die noch unbedingt ein Mädchen haben wollte und nun konnte sie zusehen, wie sie damit fertig wurde.

Zu Anfang fand er noch keine passende Unterkunft. Sie lebten bereits in Scheidung, als Sven seine Natascha mit in Kerstins Wohnung brachte. Das waren die schlimmsten Monate in ihrem bisherigen Leben gewesen und auch die Kinder litten sehr darunter. In dieser Zeit konnte man überhaupt nicht mehr mit Ben reden. Kerstin grämte sich um so mehr, als sie ihre Kinder nicht vor Schwierigkeiten schützen konnte. Es war nicht möglich, die Probleme vor den beiden zu verheimlichen. Dementsprechend sahen auch die Zeugnisse und die Beurteilungen aus.

Erst nachdem Sven ausgezogen war, kehrte allmählich wieder Ruhe ein. Doch dann begann der Kampf ums nackte Überleben, denn ihr Ex-Mann zahlte nur wenig Alimente. Erst nachdem die Gerichte ihn dazu zwangen, bekam Kerstin mehr. Aber es reichte dennoch kaum. Nur ihre Arbeit und die Kinder hielten sie über Wasser. Es gab aber keine "Extras", keinen Urlaub, keine Freizeit, keine Hobbys und keine Freunde.

Nur für den Sohn besorgte sie ein älteres Moped. Das

Geld dafür hatte sie sich Monat für Monat beiseite gelegt.

Dann, irgendwann, als die Einsamkeit immer spürbarer, immer bedrückender von ihr Besitz ergriff, begann Kerstin zu trinken und eine Zigarette nach der anderen zu rauchen. Manchmal zitterten ihre Hände so sehr, daß sie kaum das Feuerzeug ruhig halten konnte. Immer öfter betrank sie sich so stark, daß sie am Ende nicht mehr wußte, was sie tat.

Und so war es nicht verwunderlich, daß die Frau eines Tages ihre Arbeitsaufgaben nicht mehr gut genug erledigen konnte. Immer öfter kam sie zu spät und erst nach zwei Tassen Mokka, war sie in der Lage, konzentriert arbeiten zu können.

Kurz bevor Denise verschwand, bekam Kerstin ihre zweite Abmahnung, die sie zu Hause im Suff ertrinken wollte. Doch als Denise nicht mehr nach Hause kam, riß sich Kerstin bis zum heutigen Tage zusammen. Sie wollte das Mädchen wieder haben. Und als Sven alle Schuld auf sie abwälzen wollte, begannen sich ihre Gedanken zu verwirren. Kerstin wollte ihren Kummer wegspülen, doch statt dessen wurde alles nur noch schlimmer. An diesem Abend, nach dieser so erfolglosen Suche, trank sie die ganze Flasche leer. Sie trank so lange, bis sie einfach umkippte.

Nachdem Ben den Notarzt geholt hatte und seine Mutter begonnen hatte, um sich zu schlagen, brachte man die Frau in die Notaufnahme des nächsten Krankenhauses und dann in die Intensivstation. Kerstin schwebte in Lebensgefahr. Erst die nächsten Tage und Nächte sollten über ihr Weiterleben entscheiden.

Kerstin weinte nun nicht mehr. Sie war nicht mehr ansprechbar.

Ben wartete Stunde um Stunde und als sein Vater

endlich neben ihm stand, konnte er ihn nur noch wortlos umarmen. Sprechen konnte der Junge nicht mehr.

5. KAPITEL

Denise und Nicole schliefen noch. Die Wirkung der Tabletten hielt lange an und bewahrte die Mädchen vor der Wirklichkeit. Doch die Angst schlich sich auf leisen Sohlen in die Träume der Kinder ein.

Unruhig wälzte sich Nicole auf dem kalten Fußboden bald zur einen, bald zur anderen Seite hin. Jedesmal, wenn die Furcht sie beschlich, tauchte im Traum die Großmutter vor ihr auf. Diese sprach ruhig und liebevoll auf das Mädchen ein. Dabei hielt Oma Hanna die kleine Hand der Enkelin und streichelte sie leicht. So hatte sie es immer zu Lebzeiten getan und Nicole entspannte sich schnell.

Nun war es Zeit für Oma Hanna, wieder zu erscheinen, denn Nicole zitterte bereits und weinte im Schlaf. Zuerst erkannte das Mädchen die dünnen, nur leicht ergrauten Haare. Dann schauten große kluge Augen auf sie herab. Nur den schmalen Lippen fehlte die kräftige rote Farbe, die sie sonst immer besaßen. Alles an der alten Frau wirkte so lebendig, als sei sie gerade mal wieder in der Tür erschienen, um dem Enkelkind aus seinen Problemen herauszuhelfen.

"Mein kleines Mädchen!" leise kamen die Worte über ihre Lippen, die sich aber kaum zu bewegen schienen. "Mein Liebes! Fürchte dich nicht! Ich bin ja bei dir! Ich werde dir helfen!"

"Oma!" Nicole wollte aufstehen. "Wo sind wir hier?"

"Bleib ruhig! Hab keine Angst! Ich hole dich hier..."

Die letzten Worte konnte Nicole nicht mehr verstehen, denn Oma Hanna war plötzlich verschwunden und das Mädchen kehrte in die Welt der Wirklichkeit zurück. Sie wollte sich bewegen, doch die Fesseln an den Händen und Füßen verhinderten fast jede Bewegung.

Nicoles Augen suchten im Dunkeln. Wo war sie? Was war geschehen? Wie war sie hierher gekommen und warum hatte man sie gefesselt?

Ihr Körper begann zu zittern und ihr Geist versuchte die Situation zu verdrängen.

Panik schwang in ihrer Stimme mit, als sie leise fragte:

"Denise! Bist du wach?"

"Ja! Wo sind wir? Was ist geschehen?" Denise richtete sich vorsichtig auf. Ihre Glieder waren völlig steif geworden. Sie mußten hier bereits stundenlang gelegen haben. Es war kalt und feucht. Ein unangenehmer, muffiger Geruch lag in der Luft und ein leises raschelndes Geräusch ließ die beiden Mädchen erzittern. Doch sie konnten nichts erkennen. Dunkelheit hüllte alles ein.

"Was haben die mit uns vor? Wären wir nur abgehauen! Irgendwie hat mir die Frau sowieso nicht gefallen. Sie war so überfreundlich." jammerte Nicole. Verzweifelt versuchte sie sich von den Fesseln zu befreien. Sie zappelte und zerrte, rutschte auf dem Steinfußboden hin und her, doch alles war vergebens.

"Sei ruhig! Wir müssen nachdenken. Es nützt nichts, wenn wir hier nur rumsitzen und rumjammern! Wir müssen was unternehmen. So schnell, wie möglich müssen wir hier verschwinden! Die dürfen uns nicht wieder finden!"

Und in dem Augenblick, indem sich Denise erheben wollte, berührte ihre Schulter einen kleinen Tisch, der ganz in ihrer Nähe gestanden und den sie wegen der Dunkelheit nicht wahrgenommen hatte. Plötzlich fiel etwas krachend auf die Erde. Tausend Splitter lagen verstreut auf dem Steinfußboden.

Nicole und Denise saßen wie versteinert da, horchten ängstlich. Wenn sich jemand im Hause befand, mußte er doch diesen Lärm gehört haben. Aber es blieb ruhig.

Aufgeregt sagte Denise: "Das ist es! Mit den Scherben können wir uns die Fesseln aufschneiden!" sogleich tastete sie nach einer Glasscherbe. "Los! Beeil`dich! Such dir `n großes Stück und reibe daran! Oder warte! Wir helfen uns gegenseitig. Dreh`dich um! Irgendwie muß es so klappen..."

Nachdem sie Hände und Füße von den Fesseln befreit hatten, kramte Denise in ihrer Hosentasche herum und holte ein Feuerzeug hervor.

"Von meiner Mutter! Die qualmt sowieso immer und überall, da merkt sie nicht, wenn mal `ne Zigarette oder `n Feuerzeug fehlt."

Das Mädchen entzündete eine kleine Flamme mit deren Hilfe sie die nähere Umgebung genauer betrachten konnte. Die Kinder schauten sich in dem großen Raum schüchtern um.

"Das muß der Keller sein." vermutete Denise.

Links neben Nicole lag der umgefallene kleine Tisch und jetzt konnten die Mädchen auch erkennen, was da zu Boden gefallen war. Es mußte eine teure, hochmoderne Kamera gewesen sein.

Und als sie mit dem Licht näher in die Mitte des Kellers kamen, erblickten sie einen weichen, dicken Teppich. An der dahinter liegenden Wand hingen merkwürdige Bilder. Und oben, über ihren Köpfen baumelten Eisenketten und andere Folterinstrumente, bei deren Anblick den Mädchen das Blut in den Adern erstarrte.

Was war hier los? Wo waren sie hingeraten? Sie mußten raus und zwar so schnell wie möglich!

Denise suchte zitternd weiter nach einem Ausgang und dabei half ihr das Morgenlicht, daß allmählich durch das kleine Kellerfenster hereinsickerte.

Nicole wies stumm auf eine Falltür, die sich unter ihren Füßen befand.

"Komm! Wir versuchen mal die Tür zu öffnen." bei diesen Worten begann sie am alten rostigen Eisengriff zu rütteln und tatsächlich ließ sich die Falltür ohne große Mühe öffnen.

Geschwind kletterten sie die angrenzende Leiter hinunter und Denise beleuchtete mit dem Feuerzeug den Raum, in welchem sie sich nun befanden.

Es mußte noch ein weiterer Keller sein. In diesem Teil des Hauses standen riesige Regale gefüllt mit Schnaps- und Weinflaschen. Während die Mädchen sich weiter vorwärts tasteten, blieb es im Hause immer noch still.

Sie bückten sich, schauten hin und her. Nichts. Dann sahen sie den Vorhang. Nicole hatte ihn als erste entdeckt. Es war Zufall, daß sie ihn überhaupt wahrgenommen hatte, denn er befand sich hinter einer alten Drehbank und hob sich im Dunkeln kaum von der Kellerwand ab.

Neugierig schob Denise den Stoff beiseite und staunend erkannte sie einen Tunnel. Der Eingang war mit Holz- latten kreuz und quer vernagelt worden. Hier waren vermutlich seit Jahren keine Menschen mehr eingestiegen.

"Mach doch leise!" flüsterte Nicole. Sie befürchtete, man könnte ihren Fluchtversuch bemerken und das Krachen hören, denn die Balken knackten und knirschten beim Abreißen sehr laut.

Es war finster hier unten. Und als Denise vorsichtig den Tunnel betrat, mußte sie für einen Moment die Nase zu- halten, denn es roch muffig und modrig nach verfaulten Abfällen.

Nicole zögerte. Nur langsam gewöhnten sich ihre Augen an die Dunkelheit. Doch im Laufe der Zeit konn- te das Kind die Umgebung immer deutlicher erkennen.

Irgendetwas huschte unter ihren Füßen hinein ins Unbekannte. Erschrocken hielt sie inne und horchte.

Unbeholfen bückte sie sich und stieg vorsichtig in den Tunnel.

Langsam tasteten sich die Mädchen vorwärts. Ab und an stolperte eine der beiden über einen Stein, der sich im Laufe der Jahre von den Wänden gelöst hatte und auf den staubigen Boden gefallen war. Vermutlich war hier seit vielen Jahren keine Menschenseele vorbei-gestolpert.

Riesige Spinnennetze hingen an der Decke. Die Mädchen mußten die dünnen Fäden ständig aus den Haaren und dem Gesicht streichen. Nicole ekelte sich davor. Besonders die Spinnen mit den kurzen dicken und behaarten Beinen fand sie furchterregend. Sie hoffte, bald aus diesem Loch herauszukommen und wieder frei zu sein.

Sehr lang mochte er wohl nicht sein, der Tunnel, glaubte Nicole. Doch die Mädchen mußten schon noch einige Meter laufen, ehe sie den Ausgang finden würden.

"Nicole! Wo bleibst du denn? Beeil dich! Wir müssen schnell machen, sonst kriegen die mit, daß wir abge-hauen sind."

Denise eilte voran. Hin und wieder wischte sie sich ein Spinnennetz aus dem Haar und schüttelte den Kopf. Dabei tasteten ihre scharfen Augen die Umgebung ständig nach Gefahren ab.

Verstohlen betrachtete sie einige Felsvorsprünge. Hoffentlich stürzte die Decke nicht über ihren Köpfen zusammen. Alles hier hatte seit vielen Jahren unberührt vor sich hin gefault. Wahrscheinlich hatte kein Mensch die unterirdische Welt seit einem halben Jahrhundert betreten. Die Vergangenheit war zu geschüttet und begraben worden, ohne daß man hätte ahnen können, daß sie in der Finsternis weiter existieren würde. Die Vergangenheit lebte noch und die Gefahr ihrer

Auferstehung wuchs mit jedem Jahr aufs Neue. Vor allem deshalb, weil sie im Verborgenen Kräfte sammeln und irgendwann, gerade dann, wenn es niemand erwartete, ans Tageslicht gelangen konnte.

"Wann sind wir denn   endlich draußen? Ich habe Angst!" flüsterte Nicole. Ihre Zunge war trocken und die Lippen fühlten sich rauh an. Sie waren vom vielen Draufbeißen aufgesprungen. Nicole kaute ständig auf ihnen herum. Das tat sie vor allem dann, wenn sie sich in großer Aufregung befand. Sie hatte Angst vor der unbekannten Frau, die sie in diese Villa gelockt hatte, in diese Falle, in die die Mädchen ohne große Bedenken hineingetappt waren.

"Was waren wir doch blöd. Wie konnten wir dieser Frau vertrauen? Ich war ja gleich zu Anfang gegen das Trampen! Hätte ich nur Denise zurückgehalten! Wie leichtsinnig wir doch waren!" murmelte Nicole.

Was bedeuteten diese Gerätschaften in dem Keller? Wieso war dieser Unterschlupf hinter einem Vorhang unter einem weiteren Keller versteckt? Irgendetwas spielte sich hinter diesen Vorhängen ab! Irgendetwas hatte man hier mit ihnen vorgehabt und zwar mußte es etwas Verbotenes sein, denn sonst hätte man sie bestimmt nicht betäubt und gefesselt und dann in ein so sicheres Versteck geworfen.

Je länger Nicole darüber nachdachte, umso mehr trieb sie ihre Freundin zur Eile an. Denn es war etwas Gefährliches im Gange, das spürte sie. Eine entsetzliche Vorahnung breitete sich über ihre Nerven und ihren gesamten Körper aus. Immer fahriger und hektischer bewegte sich das Kind. Sie mußten hier raus! Verschwinden! Und zwar so schnell wie möglich! Großmutter hatte sie schon immer vor dem Fremden und Unbekannten gewarnt! Und nun war sie nicht mehr da, lebte nicht mehr, konnte sie nicht mehr beschützen.

Während Nicole so in ihre Gedanken vertieft war, hatte

sie kaum bemerkt, daß es vor ihren Augen immer heller wurde. Denise lief immer schneller. Sie konnte den Ausgang schon sehen.

"Da vorn wirds hell! Wir habens gleich geschafft!" schnaufte Denise.

Mit Händen und Füßen krabbelten die Mädchen den Berg aus Geröll und Gestein hinauf. Immer wieder rutschten sie dabei einige Zentimeter zurück. Der Ausgang rückte dennoch immer näher und die Mädchen sahen sich schon in die Arme ihrer glücklichen Eltern sinken.

Doch sie hatten sich zu früh gefreut! Am Ausgang des Tunnels warteten nicht die Familien der beiden Mädchen. Am Ausgang standen zwei fremde Männer.

Ehe Denise und Nicole noch schreien konnten, machten sich die Fremden über die Kinder her, hielten ihnen den Mund zu, packten sie und führten sie wieder ins Haus und in den Keller zurück.

Vergeblich versuchten sich die Kinder zu wehren. Die Angst verlieh ihnen ungeahnte Kräfte. Aber es war umsonst.

Diesmal kettete man die Mädchen an die Wand und knebelte sie. Ein Mann nahm die Peitsche und schlug wütend auf sie ein.

Wimmernd mußten die Kinder große Schmerzen ertragen. Niemand kam und befreite sie aus dieser gefährlichen Situation. Vergeblich riefen Nicole und Denise nach ihren Eltern. Noch niemals zuvor hatten sie sich so hilflos und verlassen gefühlt.

Erst als der andere Mann, der wesentlich zurückhaltender war, auf den Schlagenden einredete, beruhigte sich dieser und ließ von den Mädchen ab.

"Halte dich zurück! Wir brauchen beide unberührt! Sonst gibt´s nicht soviel Kohle!!! Denke daran! Deine

Wut kannst du später an anderen auslassen! Die hier will ich unverletzt!"

"Bob! Laß mich doch wenigstens ein wenig mit ihnen spielen!" bettelnd blickte der große, korpulente Mann seinen Kompagnon an.

"Laß sie in Ruhe, Udo! Verflucht noch mal! Begreifst du das denn nicht. Die Kunden wollen sie unberührt haben, sonst gibt´s nicht soviel Kohle! Begreif das endlich! Du Blödmann!!! Paß hier auf den Grünkram auf! Ich hole nur schnell das Auto. Es ist draußen noch alles still. Wir laden die jetzt sofort um und fahren sie in unser Versteck. Hier sind wir nicht mehr sicher! Es dauert aber etwas! Ich muß erst den Kleinbus holen! Mach ja keinen Blödsinn bis dahin! Verstanden!"

Die Mädchen wollten nicht allein mit dem Schläger bleiben. Sie hatten Angst, daß er ihnen noch ganz andere Verletzungen zufügen könnte. Sie dachten an die Kamera und an die Eisenketten. Doch sie wußten, es war sinnlos. Sie hatten keine Chance gegen diese Verbrecher. Niemand konnte ihnen helfen. Es war kein Mensch in der Nähe, der sie beschützen würde. Die Kinder waren hoffnungslos verloren.

Als Bob aus dem Hause gegangen war, machte sich grinsend der andere Mann an einem Bildschirm zu schaffen. Dabei wurde ihm heiß und er zog das Shirt über den Kopf. Die Mädchen konnten seine Tätowierungen auf der Brust deutlich erkennen. Eine nackte, junge Frau wurde von einer Cobra umschlungen und das Bild wurde von seinen Brusthaaren umrahmt.

Bob war nur eine halbe Stunde fort, aber in dieser kurzen Zeit mußten die Mädchen erkennen, daß sie in eine lebensgefährliche Falle getappt waren. Das, was sie auf dem Bildschirm zu sehen bekamen, jagte ihnen einen riesigen Schreck ein. Fortan standen die beiden unter Schock. In ihrer Verwirrung konnten sie keinen klaren Gedanken mehr fassen. Und als der Mann, der

Bob genannt wurde, den Keller betrat und Nicole und Denise ins Auto verstaute, spürten die Mädchen nur eine tiefe Leere in sich. Das Unfaßbare nahm seinen Lauf. Die Zeit arbeitet gegen die Kinder. Je länger die Suche nach ihnen dauerte, umso unwahrscheinlicher wurde es, daß die Eltern sie wieder finden konnten. Wären sie erst außer Landes, falls die Männer das vorhatten, wäre die Möglichkeit der Entdeckung und Befreiung fast aussichtslos.

6. KAPITEL

Es war spät geworden. Das Ticken der Wohnzimmeruhr hörte sich in der spannungsgeladenen Stille überlaut an. Marion und Uwe hatten gerade von Kerstins Nervenzusammenbruch gehört.

Wie sollte es weitergehen?

"Was wird Nicole wohl jetzt gerade machen?" Marion schaute, wie so oft in letzter Zeit, aus dem Fenster und beobachtete die Straße vor ihrem Haus. "Ich habe Angst, man tut ihr was Schlimmes an! Immer wieder warte ich darauf, daß das Telefon klingelt und unser Mädchen ruft an. Oder die Tür geht auf und Nicole kommt rein..."

Und jetzt flüsterte sie nur noch: "Ich glaube, ich werde verrückt! Ich halte das Warten nicht länger aus!"

Mit den Fingern der rechten Hand fuhr sie nervös durch ihr Haar. Plötzlich begann das linke Augenlid zu zucken und minutenlang konnte Marion es nicht beruhigen.

"Wir müssen weitersuchen! Ganz bestimmt finden wir sie bald!"

Und Uwe entwarf einen neuen Plan, schrieb auf ein Blatt Papier:

- Polizei anrufen

- Verwandte und Bekannte nochmals anrufen

- Krankenhäuser

- Nicoles Tagebuch, Hausaufgabenheft und Notizen durchlesen

- Flugblätter entwerfen und aufhängen!

*

Am nächsten Tag berichtete das Fernsehen vom Verschwinden der Mädchen und bat die Bevölkerung um Mithilfe. Die Kinder wurden, genau wie auf den Flugblättern, beschrieben. Ihre Kleidung, ihr Aussehen, auch ihre Fotografien zeigte ein Nachrichtensprecher. Ein Polizist schilderte den bisherigen Stand der Ermittlungen und verwies auf den Fundort, an dessen Stelle man Denis` Jacke entdeckt hatte. Auch den Weg, den die Mädchen vermutlich zurückgelegt hatten, ehe sie zur Autobahn gelangt waren, demonstrierte der Mann anhand einer Landkarte.

Alle wichtigen Standorte waren genau markiert worden.

Marion und Uwe verfolgten, was Rundfunk und Fernsehen verbreiteten und dabei sprachen sie sich gegenseitig Mut zu. Die Mädchen konnten doch nicht einfach verschwinden? Irgend jemand mußte die Kinder doch beobachtet haben?

*

Die Stunden schlichen dahin, doch es gingen keine verwertbaren Hinweise bei der Polizei ein. Weder waren die Mädchen in den letzten Tagen gesehen worden, noch hatte man irgendetwas Auffälliges in der näheren Umgebung entdeckt.

Niemand konnte der Polizei sachdienliche Hinweise geben. Man bewegte sich im luftleeren Raum. Überall gab es nur scheinbar wichtige Empfehlungen, aber wenn man dann genauen hinschaute und nachfragte, waren es nur Seifenblasen. Die Eltern schwankten ständig zwischen Hoffen und Aufgeben. Es waren die schwersten Stunden ihres bisherigen Lebens und niemand konnte ihnen wirklich helfen.

*

Für Marion bewegten sich die Zeiger der Uhren nicht mehr. Die Minuten waren wie Tropfen, die sich nur schwer vom Wasserhahn lösten, die sich erst aufblähten und dann, wenn sie dick genug waren, in das Wasserbecken fielen und sofort verschwanden.

Marion hatte sich seit Stunden nicht mehr vom Sofa erhoben, sie befand sich in einem Schwebezustand zwischen Wachsein und Traum. Die Grenzen verschwammen.

Marion wußte nicht mehr, ob es Tag oder Nacht, ob es Morgen oder Abend war. Ihr Zustand wurde immer kritischer. Sie aß nichts. Sie trank nichts. Und sie konnte nicht mehr schlafen.

Die eilig herbeigerufene Ärztin verschrieb ihr Beruhigungs- und Schlafmittel. Aber das waren nur vorübergehende Hilfen. Mit jeder Stunde schwand ein kleiner Teil der Hoffnung. Und Uwe konnte sich allmählich nicht mehr hinter der Fassade der Geschäftigkeit verstecken.

Die Plakate waren längst aufgehängt, alle Telefonnummern angerufen, die Polizei mehrmals am Tage ausgefragt und das Zimmer der Tochter nach jedem kleinsten Hinweis abgesucht worden. Es gab nichts mehr zu tun. Und die stille Hoffnung, die Mädchen kämen jeden Augenblick wieder zur Tür herein, zerrann wie ein Schneeball in einer warmen Hand.

So verbrachten die Eltern die nächste Zeit im Nichtstun, im Dahindämmern. Wenn Uwe nicht ab und an auf die Straße gegangen wäre, so hätte ihn die Tatenlosigkeit verrückt gemacht. Jede kleine Bewegung schmerzte, alle Kräfte mußte er aufbieten, um zum Beispiel Arbeiten im Haushalt zu erledigen, denn Marion hatte sich hingelegt und war seit dieser Zeit nicht mehr aufgestanden. Ihre Augen stierten an die Decke.

Auch als Uwe sie in seine Arme nahm und leise mit ihr sprach, sah sie ihn nicht. Ihre Wimpern zuckten nicht einmal, als seine tiefe Baßstimme versuchte sie zu erreichen:

"Weißt du noch, wie glücklich wir waren, als Nicole das erste Mal lächelte? Nur ein kleines schüchternes Lächeln!" Uwes kräftige Hände streichelten zärtlich die blassen Wangen seiner Frau. Seine Augen wurden feucht. "und dann, als sie die ersten Schritte machte, weißt du noch? Da hast du mich auf Arbeit angerufen. Ganz aufgeregt hast du erzählt, daß Nicole sich einfach vom Tisch losgelassen hat und auf die Couch zugegangen war! Ich weiß noch genau, wie glücklich du warst, an diesem Tag! Und dann ging alles unheimlich schnell: die ersten Worte, die ersten Sätze und dann ihre Zeichnungen! Schon damals malte sie viel und es wurden immer schönere Bilder! Dann, als sie den ersten Malwettbewerb in der Schule gewonnen hatte, ihre ersten guten Zensuren aus der Schule mitheimgebracht hatte, weißt du noch, wie stolz wir da waren..."

Uwe holte tief Luft und gerade, als er weitersprechen wollte, genau in die Stille seiner Gedanken, klingelte das Telefon. Wie aus tiefem Schlaf schreckte Marion hoch. Das Geräusch durchbrach ihren Trancezustand. Marion kehrte langsam wieder in die Wirklichkeit zurück. Sie löste sich aus ihrer Traumvergangenheit. Und als Uwe ihr den Hörer reichte, begann wieder etwas Leben in ihre Augen, ihre Wangen, ihr Gesicht zurück zu kehren. Das glaubte Uwe jedenfalls.

"Eine Wahrsagerin ist am Telefon!" Marion zog abrupt die Hände zurück. Hastig wehrte sie ab:

"Nein! Ich will nicht! Was soll das? An sowas glaube ich sowieso nicht!"

"Du kannst es doch wenigstens versuchen!" beschwor Uwe seine Frau. Dabei hielt er die Muschel mit der Hand bedeckt, so daß die Frau am anderen Ende der

Leitung das Gespräch nicht hören konnte. "Du gehst da, verdammt noch mal, hin! Auch, wenn es am Ende nichts bringen sollte. Trotzdem wollen wir doch alles versuchen!" und während sich Marion noch sträubte, machte Uwe bereits einen Termin mit der Wahrsagerin aus. Dann legte er den Hörer auf.

"Wir müssen jeden noch so kleinen Strohhalm in die Hand nehmen!" und als Marion immer noch stur abwehrte, rastete Uwe aus: "Verdammt noch mal! Meinst du, mir macht das alles nichts aus?" Er stand auf, lief aufgebracht hin und her und rieb sich wieder einmal seinen Schnauzer, so wie er das immer zu tun pflegte, wenn er ärgerlich war. Marion, Marion! Dein Dickkopf, diese Sturheit! Diesmal wollte er ihr kein Recht geben. Er durfte nicht zulassen, daß sich Marion gehen ließ.

Schimpfend redete er auf sie ein. Immer lauter wurde er dabei, bis seine Faust auf den Couchtisch knallte und er seine Frau am Unterarm packte, sie hochzog und schüttelte.

"Komm zu dir! Wir müssen alles, aber auch alles probieren! Egal, ob du der Meinung bist, daß es keinen Sinn hat! Trotzdem gehst du da hin! Du mußt!"

*

Die Sonne war längst untergegangen, als ein Schwarm Krähen zeternd an der Brücke vorbei zog, auf der Marion stand.

Uwe wartete auf dem Feldweg. Er hatte den Motor ihres Fahrzeuges abgestellt und die Scheinwerfer ausge-schaltet. Marion sollte allein zum Wohnwagen der Hellseherin laufen.

Durch den Regen war der Boden aufgeweicht und die junge Frau mußte bei Mondenschein aufpassen, daß sie nicht ausrutschte. Eine sternenklare Nacht breitete sich über die Landschaft aus, inzwischen war es so dunkel geworden, daß Marion kaum das Ende der Wiese und des Waldrandes erkennen konnte. Ein Käuzchenruf ertönte und das Echo ließ sie erzittern. Es klang schaurig und unheimlich. Genauso, wie die ganze Situation. Marion zweifelte den Erfolg dieser Mission an, sie glaubte nicht, daß ein Mensch wissen könnte, wo sich Nicole befand. Diese "Wahrsagerin" wußte ja noch nicht einmal, wie das Kind aussah. Spinnerei !!!

Zögernd ging Marion auf den Waldrand zu. Sie bahnte sich einen Weg durch die Dunkelheit. Überall knisterte und knackte es.

Nur langsam kam die junge Frau voran, obwohl sich ihre Augen allmählich an das schwache Mondlicht gewöhnten. Ihre Hände tasteten vorsichtig die Umgebung ab. Hin und wieder mußte sie sich an den Ästen der herabhängenden Bäume und Büsche festhalten, um nicht über ein paar Wurzeln zu stolpern und zu fallen.

Endlich entdeckte sie ein Licht am Horizont.

Marion war also den richtigen Weg gegangen, ohne ihn genau zu kennen. Die Wahrsagerin hatte zu Uwe gemeint, sie sollte von der Brücke aus auf ein Licht zu laufen, auf den Wald zugehen und dann ihrem Gefühl vertrauen und einfach weiter gehen.

Nun stand sie vor dem Campingwagen der Hellseherin und klopfte zaghaft an die verwitterte Tür.

Als diese knarrend geöffnet wurde, versperrte ein roter Vorhang den Blick auf das Innere des Wagens. Der Stoff war über und über besetzt mit funkelnden Steinen in den verschiedensten Größen und er war reich bestickt worden. Hier hatte sich eine Künstlerin betätigt, die mehr als nur eine "Stickerin" gewesen sein mußte.

Billionen kleinster Nadelstiche bildeten zusammen mit den bunten Steinen orientalische Ornamente in solch einer Farbenpracht, wie sie Marion in diesem Ausmaß noch nie gesehen hatte. Das dahinterstehende Kerzenlicht betonte noch die geheimnisvolle Ausstrahlung dieses Kunstwerkes.

Aus dem Wageninneren ertönte eine tiefe und melodische Stimme. Marion zuckte zusammen.

"Ich habe schon auf Sie gewartet!" Der Vorhang wurde geöffnet und beim Eintreten mußte sich Marion bücken.

Alles war eng und niedrig gehalten. Überall hingen die verschiedensten Kräuter von den Wänden. Es lag ein süßlicher Duft in der Luft.

Plötzlich ertönte ein ohrenbetäubendes Kreischen. In einer dunklen Ecke saß ein großer, bunter Papagei, der samt Käfig hin und her schaukelte, und zwar so wild, daß man annehmen mußte, er würde mit lautem Krachen alsbald auf den Fußboden fallen.

Marions Blick wanderte vom Teppich, über den Tisch am Fenster, über die Stores zu den bestickten Wandbildern, um dann endlich an der Frau hängen zu bleiben, die sie in das Innere ihres kleinen Reiches hereingeholt hatte.

Die Frau war zierlich und klein. Sie war weder jung noch alt. Marion vermochte sie kaum einzuschätzen und solche langen blauschwarzen Locken hatte sie noch nie gesehen.

"Sie haben Glück, daß ich gerade zu dieser Zeit in Ihrer Nähe weilte, als ich vom Verschwinden Ihres Mädchens hörte." während die Wahrsagerin sprach, sahen ihre rabenschwarzen Augen ruhig auf Marion.

Ein Stirnband schob die Haare etwas nach hinten, so daß sie nicht ständig ins Gesicht fallen konnten. Und ein reichbesticktes Halsband erinnerte an die Farben und Formen des Vorhanges am Eingang des Wagens.

"Sie müssen jetzt ganz tapfer sein, denn es werden schwere Stunden auf Sie zukommen! Sie müssen lange und geduldig suchen. Noch viele Male muß die Sonne aufgehen und wieder untergehen, ehe Sie Ihr Kind wieder in die Arme schließen können!"

Während die Hellseherin sprach, hob sie ihre Hände. An den dünnen, langen Fingern funkelten Ringe mit großen Steinen. Einer davon schimmerte im Schein des Kerzenlichtes goldfarben wie ein aufgehender Stern.

Die langen Fingernägel beider Hände gruben sich in Marions Schläfen ein. Schwarze Schatten umspielten ihr ernstes Gesicht, als sie weiter sprach:

"MANA, EMEK HABBACHA, BJAT, hasa, haca, jogi, ja..."

Diese merkwürdigen Laute murmelte sie ständig vor sich hin, während sie dabei ihre Finger über das Gesicht der jungen Frau wandern ließ.

Marion spürte, wie die Zauberin von ihrem Körper Besitz ergriff, wie sie ihr Innerstes durchleuchtete. Wie gelähmt stand sie da. Angst beschlich sie. Es ging eine magische Kraft von den Augen der Wahrsagerin aus.

Die leisen unverständlichen Worte versetzten Marions Körper und Geist in eine Art Hypnosezustand. Leise wiederholte die Zauberin immer die gleichen Worte. Dabei befühlte sie vorsichtig den Kopf der jungen Frau. Ihre Finger spreizten sich und tasteten die Stirn, die Augen und den Hals ab.

Dann ging sie zum Tisch, der am Fenster stand und auf dessen Mitte die Kerze flackerte. Die Hellseherin nahm nun ihre Karten und begann sie auf die Platten zu legen. Unaufhörlich murmelte sie ihre Zaubersprüche vor sich hin. Ab und an ging ein Windzug durch den Raum. Die Gardinen bewegten sich und das Kerzenlicht flackerte kurz auf.

Für eine Sekunde war das Gesicht der Zauberin

deutlich zu sehen. Ernst und konzentriert schaute sie auf ihr geheimes Tarot, in dem sie nach dem Schicksal der Mädchen suchte.

"Ich kann sie kaum erkennen. Es ist so dunkel." Ihre Hände breiteten sich beschwörend über die Kartenwelt aus. "Sie sitzen im Dunkeln! Ich sehe einen Keller!"

Nun schien die Zauberin zu verkrampfen.

"Die Kinder sind gefesselt und allein. Ich sehe zwei Männer in ihrer Nähe. Undurchsichtige, gefährliche Gestalten nähern sich den Mädchen." Wieder machte die Frau eine Pause und fuhr dann mit bebender Stimme fort. "Ich spüre aber einen Menschen, der den Kindern helfen könnte. Doch er ist noch nicht so weit. Er muß erst zu sich selber finden. Er darf sich nicht mehr verleugnen. Es wird noch einige Zeit dauern, ehe er sich überwinden kann..."

Jetzt kam Bewegung in ihren Körper:

"Ich sehe Gefahr auf die Kinder zu kommen! Es muß schnell gehandelt werden! Sie müssen sich beeilen!"

Die Zauberin brach ab und ein Zucken ging durch ihren Körper.

"Ich spüre noch etwas anderes. Kommen Sie! Kommen Sie zu mir!" und dabei betastete sie Marions Hände und besah sich die Innenflächen, besonders die Linien, Kurven und Einkerbungen genauer. "Die Seele einer Verstorbenen versucht mich durch sie zu erreichen. Moment! Ich glaube, sie will mit mir sprechen."

Die Wahrsagerin senkte den Kopf und die langen Haare fielen über ihre Schultern.

Marion wurde es immer unheimlicher. Sie glaubte nicht an Geister und Gespenster.

"Ich denke, es ist der Geist Ihrer Mutter..." und nun bekam die Stimme der Hellseherin einen anderen Klang. "Marion! Hörst du mich! Du mußt Nicoles Bild suchen!

Suche Nicole! Suche schnell! Noch leben beide Kinder, aber wie lange noch..."

*

An der Brücke, im Auto, wartete Uwe auf seine verstörte Frau und schüttelte kaum merklich den Kopf, als sie ihm von den Worten der Wahrsagerin berichtete.

Nun war es an ihm, den Sinn der geheimen Sprache zu enträtseln. Ein wenig unwahrscheinlich kam ihm die ganze Geschichte doch vor. Er glaubte zwar manchmal an eine Art Schicksal, aber das man aus dem Reich der Toten herabsteigen konnte, das war ihm denn doch etwas zu phantastisch. So etwas bezeichnete er als Spinnerei und hakte dieses Kapitel ihrer Suche mit einer Handbewegung ab.

*

Als dann Frau Adam am späten Abend klingelte, hätten die Schmidts beinah die Tür nicht geöffnet.

Uwe ließ den Besuch nicht in die Wohnung. Er war wütend auf die Psychologin und auf die Polizei überhaupt. Sie würden viel zu wenig unternehmen, um sein Kind zu finden, meinte er.

"Was wollen Sie von uns? Haben Sie uns nicht schon genug gequält?" schimpfte er, wurde aber sofort von Marion unterbrochen, die zu ihm getreten war.

"Uwe bleib ruhig! Frau Adam will uns auch nur helfen!"

"Das glaube ich nicht", wetterte Uwe ungehalten. "Was hat denn die Polizei bisher erreicht? Wo ist mein Kind?" und nun schrie er so laut, daß der ganze Hauseingang erzitterte. "Wo, verdammt nochmal, ist sie? ... Ihre Kollegen! Haben sie denn alles unternommen, was möglich war?"

Frau Adam stand noch immer in der Tür. Sie konnte den verzweifelten Vater nicht beruhigen. Sie ließ ihn seine Wut herausbrüllen.

Vielleicht, so dachte sie, ging es ihm dann etwas besser und sie konnte endlich mit ihm reden, ohne, daß er gleich die Nerven verlor. Ihre Kollegen hatten sie zu den Schmidts geschickt. Einer der Fahnder, Kriminal-oberkommissar Franke, vom LKA Malburg, hatte im Internet die Spur eines Anbieters für Kinderporno-graphie entdeckt.

Nun wollte man die Daten der gesuchten Mädchen mit den Daten der gefundenen Kinder vergleichen. Einer der beiden Schmidts sollte mit ins Präsidium kommen. Eigentlich sollte Uwe Frau Adam begleiten. Aber in diesem Zustand?

Nachdenklich strich die Psychologin ihren leichten, gelben Sommermantel glatt. Ihre Lippen wurden noch schmaler, als sie auf den Mann einredete:

"Herr Schmidt! Bitte, glauben Sie mir, meine Kollegen tun alles, um ihre Tochter zu finden. Sie müssen Ruhe bewahren!" langsam und leise sprach sie weiter. Und als er sie unterbrechen wollte, schnitt sie ihm mit einer Handbewegung das Wort ab. Nun klang ihre Stimme laut und beinah wütend. "Wir haben vielleicht sogar eine Spur. Eine geringe zwar, aber vielleicht haben wir Glück. Ein Kollege vom LKA Malburg hat im Internet etwas gefunden. Ich möchte Sie bitten, mich zu begleiten. Wir brauchen Ihre Hilfe. Und auch..." jetzt schaute ihn Frau Adam fordernd und ruhig in die Augen. "Ihre Besonnenheit, denn die Bilder im Internet sind nicht irgendwelche Bilder. Es sind die schlimmsten Dokumente menschlicher Verfehlung und Sie brauchen Kraft, um das zu ertragen, was jetzt auf Sie zukommt.

Fühlen Sie sich stark genug, um mit mir zu kommen?"

Leicht drückte Marion Uwes linken Arm. Ihre Augen leuchteten. Sie hoben sich von dem sonst so blassen, eingefallenen Gesicht ab.

"Oder soll ich gehen?" Die Hoffnung gab ihrer Stimme einen besonderen Klang.

"Nein, Nein! Laß nur! Es ist besser, wenn ich gehe!" und zu Frau Adam gewandt, meinte er. "Warten Sie einen Moment! Ich hole meine Jacke!"

Gemeinsam verließen die Psychologin und der Vater das Haus. Marion wäre eigentlich mitgegangen, aber etwas in ihrem Herzen sträubte sich dagegen. Was waren das für Bilder? Was hatte man den Kindern angetan?

Marions Angst, daß man ihre Tochter schwer verletzen könnte, zwang sie dazu, ruhelos im Zimmer auf und ab zu laufen. Sie stellte sich die schlimmsten Misshand-lungen vor, die man einem Kinde antun konnte. Aber sie kämpfte mit aller Macht gegen diese Vorstellungen an. Woher wollte sie das alles wissen? Ja, im Fernsehen, in so manchen Krimis, gab es Szenen, die ihr im Gedächtnis geblieben waren. Aber das konnte nicht sein. Das durfte nicht sein! Nicht ihr Kind!

Immer wieder murmelte sie jetzt: "Nicht meine Nicole! Nicht mein Kind!"

Es dauerte noch lange, ehe sich Marion auf die Couch setzen konnte. Doch ruhiger wurde sie dadurch nicht.

*

Etwas steif und zugeknöpft lief Uwe der Beamtin hinterher. Sein Auto blieb in der Garage stehen. Es regnete wieder einmal.

Die Hitze der letzten Tage war durch die zahlreichen Gewitter verschwunden.

Fröstelnd zog der Mann den Kragen der Jacke hoch und folgte mit großen Schritten dieser Polizistin. Eine dunkle Vorahnung nagte an seinem Gehirn. Auch in seinem Geiste entstanden Bilder, bei denen er nicht wußte, wo sie herkamen, bei denen er sich fragte, wo er das schon mal gesehen hatte.

Das Polizeirevier war nicht weit von der Wohnung der Schmidts entfernt. Man ging an einem niedrigen, grauen Pförtnerhäuschen mit Schranke vorbei, schritt an ein paar Blumenrabatten mit gelben, roten und weißen Rosen entlang und atmete den süßlichen Duft dieser Pflanzen ein. Die gesamte Umgebung war erfüllt vom Duft der regennassen Natur. Es lag ein Hoffen und ein Sehnen in der Luft, das eigentlich nur im Frühling so deutlich zu spüren war. Aber heute war das anders, so glaubte es der junge Mann, der an den Blumen vorbeischritt und die Stufen bis zum Verwaltungs-gebäude behend hinauf sprang.

Im Revier war vom Duft, vom Aufblühen der Natur nichts mehr zu ahnen. Hier herrschte das geordnete Chaos, das sich die Menschen eigenhändig aufgebaut hatten. Das monotone Grau der Wände wurde von zahlreichen Plakaten und Landkarten verdeckt.

Frau Adam führte Uwe durch einen langen Gang, vorbei an verschlossenen Türen. Erst am Ende dieses Flures führte eine Wendeltreppe in den Keller und hier hätte sich Uwe bestimmt verlaufen, denn es ging vorbei an weiteren Stahltüren, Gängen und Wendeltreppen. Nach zehn Minuten waren sie endlich am Ziel angelangt.

Hinter einem unscheinbaren Eingang versteckte sich ein riesiger Saal mit unzähligen Schreibtischen und Computern. Doch es war ein fast menschenleerer Raum. Nur am Ende saß ein kleiner Mann in Polizeiuniform, Vollbart und Halbglatze. Seine stechenden Augen musterten die Besucher wie Röntgenbilder:

"Christine! Endlich!" der Mann stand auf und streckte ihr die Hand entgegen. Danach wandte er sich an Uwe. "Sie sind sicher Herr Schmidt! Darf ich mich vorstellen! Kriminaloberkommissar Franke! Bitte, nehmen Sie Platz! Ich zeige Ihnen die Bilder! Es war äußerst schwierig an diese Daten zu kommen. Sehen Sie sich nur die Gesichter der Mädchen an!"

Aus Uwes Antlitz wich jede Farbe. Er betrachtete die weinenden Kinder. Ihm wurde der Kragen seines karierten Hemdes zu eng. Er rang nach Luft. Ihm wurde übel. Die Kinder, die er auf den Bildern sah, waren nicht Nicole und Denise.

Die Fotos zitterten in seinen Händen. Eine eisige Kälte durchfuhr seinen Körper und breitete sich in ihm aus.

Die Mädchen waren jünger als seine Tochter. Sie mochten ungefähr acht Jahre alt gewesen sein, als man ihnen dies angetan haben mußte. Die Kinder waren gefesselt worden und zwei, nur mit einer Maske bekleideten Männer, urinierten auf die nackten Mädchenkörper.

Angeekelt und mit einem widerlichen Brechreiz kämpfend, drehte sich Uwe um. Die Fotos fielen ihm aus der Hand und er rannte zum vergitterten Fenster. Riß es sperrangelweit auf und atmete tief durch. Dabei wandte er sein Gesicht nicht von den Gittern, als er schrie:

"Es ist nicht mein Kind! Aber ich bringe die Kerle um, wenn ich sie in die Finger kriege!" Bei diesen Worten hob er die Hände und hielt sich an den Gitterstäben fest. Dann neigte er seinen Kopf an das kühlende Eisen. "Ich bringe sie um!"

Nun flüsterte er nur noch: "Ich werde sie finden! Nie mehr werde ich ruhen, bevor ich die Mistkerle hinter Schloß und Riegel gebracht habe."

Plötzlich wuchsen Eiszapfen bis in seinen Kopf, bis in sein Gehirn hinein und dort zerflogen sie in tausend, kleine Splitter. Seine Hände rüttelten wild an den Gitterstäben und sein gesamter Körper schien in einer riesigen Woge aus Wut zu bersten. Aus seinen Augen rannen Tränen und plötzlich sackte die ganze Gestalt in sich zusammen.

Ein Häufchen Unglück. Er weinte, den Kindern gleich, und Uwe brauchte lange, ehe er wieder er selbst war. Doch so richtig, so wie früher, konnte er wohl nie mehr sein. Er war nicht mehr der lebensfrohe, unternehmungslustige Mann, wie vor der Entführung seiner Tochter. Er war ein gebrochener Mensch. Und auch wenn man sein Kind lebend aus solch einer Hölle herausholen konnte, selbst dann würden die Wunden nie mehr vollkommen verheilen.

*

In dieser Nacht gab es für Nicoles Eltern keinen Schlaf.

Marion hatte sich den Sessel ans Stubenfenster gezogen und starrte hinaus in die Dunkelheit.

Ihre Phantasie malte Bilder an das Glas. Immer wieder hörte sie ihr Kind um Hilfe rufen. Das Gefühl der Ohnmacht, das Gefühl des Nicht-helfen-könnens, brachte sie fast um den Verstand. In den endlosen Stunden der Nacht wühlte sie immer aufs Neue die eigenen Fehler hervor. Aber alles half nichts. Auch, wenn sie alle Schuld auf sich laden würde, ihr Kind konnte sie damit nicht herbeizaubern. Wenn sie nur wüßte, ob es wenigstens am Leben war, dann wäre ihr ein klein wenig wohler. Aber so mußte sie mit der Gewißheit leben, daß das Kind, um das sie bangte, bereits tot sein könnte. Je länger die Suche erfolglos blieb, um so bedrückender, um so banger kamen die

Fragen, umso schlafloser wurden die Nächte und ruheloser die Tage.

Regungslos hatte Marion Stunde um Stunde aus dem Fenster gestarrt, als es allmählich dämmerte. Dabei mußte sie wohl doch eingeschlafen sein, denn das erste Klingeln an der Wohnungstür hatte sie überhaupt nicht wahrgenommen.

Frau Adam stand wieder vor der Tür. Sie hielt ein Blatt Papier in den Händen: "Könnte das Bild von ihrer Tochter sein?" und während Marion die Unterschrift deutlich erkannte, sprach die Psychologin weiter. "Ein kleines Mädchen hat die Zeichnung, vor ein paar Tagen, ganz in der Nähe der Raststätte `Zum Teufelsbraten` gefunden und mit nach Hause genommen und den Eltern gezeigt. Als die Eltern dann von der Entführung der Kinder hörten und davon, daß ein Mädchen, namens Nicole, so ungewöhnlich schöne Bilder zeichnen konnte, gingen sie sofort zur nächsten Polizei-dienststelle. Was meinen sie, ist das von ihrer Tochter?"

Das Bild war zwar ziemlich zerknittert und gewellt, doch Marion konnte eindeutig den Namen und die Zeichnung identifizieren.

"Am besten, wir fahren nochmal gemeinsam zur Raststätte! Sie kennen sich dort ja bereits einwenig aus! Wir werden die Gäste und die Wirtsleute genauer unter die Lupe nehmen. Hier gibt es bestimmt Besucher, die regelmäßig kommen. Vielleicht haben die ein paar brauchbare Beobachtungen gemacht."

*

Die Wirtsleute der Gaststätte "Zum Teufelsbraten" hatten gerade heute ein paar Tage Urlaub genommen. Während sich die Aushilfskellnerin Sylvia bemühte, den Kneipenbetrieb aufrechtzuerhalten, riegelte die Polizei das Gelände großräumig ab. Zu dieser Tageszeit waren erst wenige Gäste im Lokal.

Vorn, an der Theke, lungerte Büchsen-Ede, der Fernfahrer und Frühaufsteher. Mit ihm kamen die neuen Gäste sofort ins Gespräch, denn als Frau Adam den Ausweis zeigte, zuckte er unmerklich zusammen. Bei dem Gedanken an seine Punkte in Flensburg wurde ihm ganz übel.

Und als die Polizistin nach den Wirtsleuten fragte, teilte er ihr, ohne zögern, seine Beobachtungen mit:

"Frau Dorenwendt, unsere Manu, wissen Sie! Ich meine die Wirtin dieser Raststätte, ist sehr beliebt. Die Fernfahrer vertrauen ihr und ihrer Küche. Ihr kann man alles sagen, was einem auf den Nägeln brennt. Sie hat für alles Verständnis. Sie kann das, was manche Leute überhaupt nicht mehr können, sie kann zuhören. Ja, ..." Büchsen-Ede konnte einen Hustenanfall nicht mehr unterdrücken, danach krächzte er weiter. "Ja, sie tröstet einen sogar, wenn man ganz am Boden ist. Sie kennt jeden Fahrer hier und ist mit allen per `Du`. Nur ihren Mann, den kann keiner leiden. Der treibt sich überall herum und verkehrt mit dunklen Gestalten. Wenn der die Manu nicht hätte, sähe er ziemlich alt aus! Die ist sowieso viel zu gut für ihn. Ich glaube, der Hund schlägt sie sogar! Manchmal kommt sie mit blauen Flecken am Hals herein. Trotz Tuch kann man die sehen, wenn man genau hinguckt! Einmal war ihre rechte Hand verbunden. Man konnte nur ahnen, was der mit ihr angestellt hat." Geringschätzig sprach der Fernfahrer weiter. "Ihr Mann ist ein Angeber! Was der manchmal für Wagen fährt, da fragste dich, wo der die Kohle dafür her nimmt. Seine Alte läßt er schuften und er spielt den feinen Pinkel und haut auf die Kacke!"

Büchsen-Ede schaute auf seine Taschenuhr, hustete pfeifend und schwang sein Bein über den Barhocker. Dann hatte er es plötzlich ziemlich eilig. Hastig nahm er seinen Hut, verabschiedete sich kurz und verschwand.

Frau Adam trank nachdenklich den letzten Schluck aus ihrer Kaffeetasse.

"Ich denke", fing sie langsam an zu sprechen. "Ich denke, wir nehmen uns die Wirtsleute mal vor. Aber zuerst rufe ich im Revier an und fordere mehr Leute an!"

Bei diesen Worten bezahlte sie die Zeche und die drei Gäste verließen das Lokal.

Als dann immer mehr Polizisten auftauchten, neugierige Fragen stellten und die Umgebung durchkämmten, paßte Sylvia einen unbeobachteten Moment ab, schlich zum Telefon, wählte die Nummer der Dorenwendts und flüsterte etwas in die Hörmuschel hinein, wobei ihre Augen wachsam die angelehnte Tür beobachteten.

*

Manuela verließ in Windeseile die alte Villa. Der Polizei hatte sie nur noch ein heilloses Durcheinander hinterlassen. Dicke Rauchschwaden krochen bereits aus den hohen Fenstern, aus dem Schornstein und aus dem Keller. Als die Polizisten und Feuerwehrleute gemeinsam den Brand löschten, waren bereits wichtige Spuren für immer verwischt worden und Frau Adam machte sich bittere Vorwürfe, weil sie nicht schnell und umsichtig genug in diesen Minuten gehandelt hatte. Aber es war noch nicht zu spät. Die Polizei schien endlich eine heiße Spur gefunden zu haben.

Daraufhin ließ man eine Großfahndung ausrufen. Vielleicht waren Täter und Opfer noch nicht weit. Jetzt kam es auf jede Minute an. Jetzt mußten alle Kräfte eingesetzt werden, denn so eine Chance bot sich der Sonderkommission selten. Meistens tappten sie nur im

Dunkeln und die Suche blieb oft genug erfolglos.

Aber in diesem Falle könnte ein schnelles Handeln das Leben der Kinder womöglich noch retten.

Die Einsatzkräfte der Polizei begannen noch in der gleichen Stunde mit einer fieberhaften Suchaktion. Alle Reviere wurden verständigt, alle Grenzposten verstärkt und überall ordnete man Verkehrskontrollen an.

Über Polizeifunk koordinierte die Sonderkommission die Suche und der Polizeipräsident ließ sich persönlich von dem Stand der Dinge auf dem Laufenden halten.

Marion und Uwe beobachteten im Büro des Einsatz-kommandos das hektische Treiben.

7. KAPITEL

Kurze Zeit später...

Eine Frauenstimme übertönte die Motorengeräusche des Kleinbusses. Als Nicole zu sich kam, hörte sie gerade noch, wie die Nachrichtensprecherin das Wetter ansagte:

"Vom Süden her nähert sich ein Hochdruckgebiet. Das heiße Sommerwetter kehrt nach einem kurzen Gastspiel des Tiefs Hanna, wieder nach Europa zurück und wird für die nächsten Tage das Thermometer auf schweißtreibende 35 Grad im Schatten steigen lassen..."

Kurze Unterbrechung. Wieder die Frauenstimme:

"Und hier noch eine Suchmeldung der Polizei: Vermißt werden die beiden Mädchen: Nicole Schmidt und Denise König. Scheinbares Alter: 14-15 Jahre. Bekleidet sind sie mit..."

In diesem Moment ertönte das Klingeln eines Handys und jemand stellte das Radio leise. Kurz danach schimpfte eine wütende Männerstimme:

"Scheiße! Das kann nicht wahr sein! Die sind uns schon auf den Fersen. Manu konnte gerade noch rechtzeitig verschwinden..."

"Mensch, Udo! Bleib cool! Die suchen die Gören doch nur! Die wissen doch nicht, wo wir gerade sind!" Die andere Männerstimme klang wesentlich jünger.

"Die haben doch unsere Autonummer. Die kriegen die Bullen sofort raus. Verdammt nochmal! Wir müssen uns erstmal verstecken. Wir müssen verschwinden und zwar schnell!"

Udo, so glaubte Nicole, war hier der Boß. Doch sie irrte sich gewaltig, das würde sie schon bald feststellen müssen.

Der andere Mann, von dem das Mädchen nur den blonden langen Zopf sehen konnte, versuchte Udo zu beruhigen.

Doch dieser lenkte den Kleinbus plötzlich in eine steile Kurve, so daß die Insassen nach rechts geschleudert wurden.

"Ich kenne hier im Wald einen Unterschlupf! Da können wir erstmal untertauchen. Wenigstens für kurze Zeit. Ich glaube, hier vermuten uns die Bullen nicht und wir können in Ruhe überlegen, wie wir weiter vorgehen wollen..."

"Meinst du, daß wir soviel Zeit haben? Es wäre doch besser, wir verschwinden gleich!"

"Quatsch! Jetzt haben die doch schon alles abgesperrt, jetzt kannst du über keine Grenze drüber weg! Die warten doch nur auf uns. So eine Scheiße, aber auch! Warum sind wir nicht gleich losgefahren..."

Wütend schlug Udo mit der Faust auf das Armaturenbrett, stieß Flüche aus, lenkte den Wagen kreuz und quer über einen holprigen Waldweg.

Nicole und Denise, die an Armen und Beinen gefesselt waren, lagen zwischen übelriechenden Decken und alten Klamotten. Sie rollten von einer Seite auf die andere.

Sie konnten nicht mehr als die Köpfe der Männer im Fahrerhaus erkennen, aber sie spürten deren Wut und Erregung und das flößte den beiden eine ungeheure Angst ein. Sie waren allein, mutterseelenallein und diesen Männern hilflos ausgeliefert. Nicole weinte, die Bilder auf dem Computer gingen ihr nicht mehr aus dem Sinn. Wohin sind wir nur geraten? Was sind das für Männer? Was haben die vor mit uns?

Die Gedanken überschlugen sich und die Mädchen verloren fast den Verstand. Sie konnten nicht einmal miteinander sprechen, die Männer hatten sie nicht nur gefesselt, sondern auch noch geknebelt.

Hände und Beine waren aneinander hinter dem Rücken zusammengebunden und sie konnten sich nicht gegenseitig stützen und halten. Blaue Flecke und Blasen verstärkten noch ihre Schmerzen.

Plötzlich hielt der Wagen abrupt an und der Motor verstummte, die Hintertür des Kleinbusses wurde aufgerissen und der große korpulente Mann zerrte die Mädchen heraus.

"Los, vorwärts! Na, macht schon..." trieb er die Kinder an. Unter Nicoles Füßen gab der Boden etwas nach. Die Erde war nach dem Regen immer noch feucht und schwammig. Beinahe wäre sie hingefallen, aber eine kräftige Männerhand zerrte sie sofort wieder hoch.

"Nun mach schon! Du Göre, beeil dich gefälligst, sonst setzt es was! Wir haben nicht viel Zeit!" Udo trieb die Kinder zur Eile an. Sie mußten bereits Stunden gefahren sein, die Sonne näherte sich schon dem Horizont. Die Mädchen sahen weit und breit nur Bäume.

Die Männer stapften auf ein Birkenwäldchen zu. Und für einen Moment erblickte Nicole ein Tal und in diesem Tal ein verschlafenes, kleines Dorf. Aber diese Menschensiedlung mußte sich Kilometer weit von ihnen entfernt befinden, alles sah klein, wie ein Puppendorf, aus.

Nicole und Denise stolperten über Wurzelwerk und Heidelbeersträucher. Es gab keinen Waldweg, als wäre hier schon seit Ewigkeiten kein Mensch entlanggegangen.

Nach geraumer Zeit tauchte vor ihnen ein altes Haus auf. Dieses Haus hatte keine Fensterscheiben mehr und es fehlte die Rückwand. Es waren Häuserfassaden. Dahinter befand sich nur das Gerüst, ein paar alte Balken und Treppen, auf denen sich bereits viele Grashalme im Wind bewegten.

Nicole schaute erschrocken auf den Boden. Zerbrochene Scheiben, Mörtel, Steine, zerdrückte Büchsen, alter Müll und Gerümpel lagen herum.

`Hier wird man uns niemals finden.` Auch der kleinste Hoffnungsschimmer entschwand beim Anblick dieser Einöde. Sie waren wohl hoffnungslos verloren und den fremden, gewalttätigen Männern völlig ausgeliefert. Es gab kein Entkommen.

*

Stunden waren vergangen. Die Männer hatten ein kleines Lagerfeuer angezündet und die Dunkelheit senkte sich langsam über die Berge. Sterne blinkten am Himmel.

Wer weiß, ob es die eine oder andere Sonne überhaupt noch gibt? dachte Nicole. Ihr fiel ausgerechnet jetzt ihre Lehrerin ein, die erzählt hatte, daß manche Sterne schon nicht mehr existieren würden, ehe ihr Licht unser Sonnensystem erreicht hätte. Das beunruhigte Nicole. Obwohl ein Himmelskörper nicht mehr real vorhanden war, konnte er dennoch mit Hilfe eines Strahls seine Botschaft weitersenden. Es war, wie der Traum vom Leben nach dem Tode. Irgendetwas blieb von jedem Wesen zurück, auch wenn es nur eine Ahnung war, nur ein Gefühl.

Nicole dachte an ihre Großmutter: 'Ob sie mich sehen kann? Vielleicht hilft sie mir und holt mich zu sich, wenn es mir kalt wird, wenn man mir weh tun will?`

Und vielleicht war Oma Hanna wirklich in der Nähe und gab ihr ein Zeichen, denn Nicole entdeckte genau in diesem Moment eine Sternschnuppe am Himmel, die nur für eine Sekunde aufleuchtete. Doch Nicole hatte sie gesehen und es schien ihr, als ob sie die Stimme der Großmutter gehört hätte.

'Ich weiß, du bist immer bei mir und holst mich, wenn man mir weh tun will. Ich weiß es genau...`

Nicole war fest eingeschlafen, als plötzlich zwei kräftige Arme nach ihr griffen und sie hochhoben. Sie wollte schreien, doch die Knebel steckten noch in ihrem Mund.

Der Mann trug sie ins nächste Gebüsch. Obwohl das Gerümpel unter seinen Füßen knackte und schepperte, schien der andere Verbrecher nichts mitzubekommen.

Der Kerl zerrte Nicole das Nicky vom Leib und wollte gerade nach dem Slip greifen, als ein lautes Knacken die Stille durchbrach.

"Wenn du deine schmutzigen Pfoten nicht sofort von dem Balg läßt, erschieße ich dich!" Bob richtete den Revolver auf seinen Kumpanen. Aber dieser drehte sich blitzschnell herum und schlug dem anderen die Pistole aus der Hand.

Doch ehe Udo sich noch bücken konnte, rammte ihm sein Freund ein Messer in die Brust.

Und nun ging alles sehr schnell.

Bob zerrte Nicole zum Lagerfeuer hinüber. Dort zwang er Denise zum Aufstehen und bedeutete beiden, ihm sofort zu folgen. Die Pistole hatte er bereits wieder in den Gürtel verstaut und trieb die Mädchen zur Eile an.

"Bob! Was tust du? Nimm mich mit! Laß mich hier nicht zurück. Ich..., ich verblute..." keuchend kroch Udo hinter den anderen her.

"Verschwinde, du elender Verräter!" Bob schrie ihn wütend an. "Hau ab...!"

Und dann hetzte er die Mädchen weiter: "Los! Macht, daß Ihr in den Wagen kommt! Wir fahren sofort weiter. Los! Macht schon! Los! Los! Los!"

Und ehe die Kinder begriffen, was passiert war, holperte der Kleinbus ohne Udo den Waldweg entlang.

"So ein verdammter Mistkerl! Wir sollen doch den Grünkram als Jungfrauen verkaufen, sonst gibts nicht so viel Kohle! So`n verdammter Wichser..."

Trotz seiner schweren Verletzung zerrte Udo sein Handy langsam aus der blutgetränkten Jacke und wählte mit letzter Kraft die Telefonnummer seiner Frau. Vielleicht konnte sie ihm noch helfen...

8. Kapitel

Ein paar Stunden vorher...

Auf der Autobahn wurde Manuela Dorenwendt allmählich ruhiger und atmete tief durch. Erst dann griff sie zum Handy und warnte Uwe vor der Polizei.

Quälend langsam verstrichen die Minuten, obwohl die dunkelhaarige Frau das Gaspedal immer weiter durchdrückte und in schneller Fahrt über die Straße hinwegsauste. Der Tacho wanderte höher und höher und die Landschaft wechselte immer schneller ihr Aussehen. Doch die Zeit schien stehen geblieben zu sein. Sie schien den Nullpunkt erreicht zu haben. Und während die Sonne unbarmherzig das dunkelblaue Auto aufheizte, nahm Manu die Außenwelt nicht mehr wahr. Krampfhaft suchte sie nach einem Ausweg.

Plötzlich wurde sie aus ihren Gedanken gerissen, als auf der anderen Seite der Autobahn mehrere Polizeiautos mit Blaulicht und Martinshorn vorbeibrausten. In ihrem Inneren breitet sich eine unbestimmte Angst aus. Nervös wühlte sie im Handschuhfach, aber nachdem sie die Pistole berührt hatte, beruhigte sie sich langsam wieder.

Sie begann das Tempo wieder zu beschleunigen.

Manuela ließ das Fenster herunter und der Fahrtwind spielte mit ihren langen Haaren. Die angenehme Kühle tat ihr gut.

Um Haaresbreite war sie den Bullen entwischt. Nur gut, dachte Manu, daß ihre Kellnerin angerufen hatte. Denn ohne ihren Hinweis wäre alles verloren gewesen und sie hätte nicht mehr fliehen können.

Manu griff nach dem Handy. Sie rief mehrere Flughäfen an und erkundigte sich nach den Maschinen, die heute noch in die Schweiz fliegen sollten.

"Am besten, ich fahre nach Berlin!" murmelte sie laut vor sich hin. "Aber buchen werde ich erst dort, sonst fällt es zu sehr auf! Um diese Zeit haben die bestimmt noch einen Platz frei!" lächelnd musterte sie ihr neues Outfit. Sie mußte aber vorher noch etwas Make up und Lidstrich auftragen, ehe sie den Flughafen betreten konnte. Die schwarzen Haare, so fand sie, standen ihr gut.

In Tegel wird sie aufpassen und den richtigen Ausweis mit dem entsprechenden Foto griffbereit in der Handtasche liegen haben müssen.

Allmählich kehrte ihre gewohnte Selbstsicherheit zurück. Manu trat erneut aufs Gaspedal und überholte zwei riesige Lastwagen. Sie raste mal wieder. Das tat sie gern.

*

Manuela näherte sich Berlin. Der Verkehr wurde stockender und viele große LKW `s behinderten die freie Sicht nach vorn. Manu mußte erneut langsamer fahren und schimpfte dabei leise vor sich hin.

Die Sonne war in einem rötlich-gelben Wolkenmeer untergegangen und die Dämmerung hatte sich sehr schnell über die Wiesen und Wälder gelegt.

Die Scheinwerfer des blauen Renaults krochen hinter den anderen Autos her und schienen seit geraumer Zeit nur ein und das selbe Fahrzeug zu verfolgen.

Es war bereits dunkel geworden, als Manuelas Handy klingelte. Blindlings griff sie nach dem kleinen Telefon.

Erschrocken wiederholte sie Udos letzte Worte. Er stammelte etwas von einem Messer: "Niedergestochen ha... hat mich dieser Sch... Schuft..." röchelnd und leise tönte es aus dem Handy. "Manu...! Bitte hil..., hilf mir!" Die letzten Silben konnte sie kaum noch verstehen. Danach war Ruhe am anderen Ende.

Verzweifelt rief sie: "Udo! Was ist los? Wo steckst du denn?" und nach Minuten des Schweigens hörte sie sein Flüstern. "...Übungsgelände! Häuserka..., kampf...!"

Nun wußte Manuela, wo ihr Mann steckte! Aber was sollte sie tun? Wenn sie jetzt umkehren würde, konnte sie nicht mehr fliehen. Aber, wenn sie nicht zurückfahren würde, dann vermochte sie dem Mann, den sie trotz allem liebte, nicht mehr zu helfen.

Hatte sie diesen Mann noch gern, der sie so oft geschlagen und mißhandelt hatte? Oder sollte sie zur Abwechslung auch mal an sich denken? Denn das hatte sie noch nie zuvor getan. Immer war sie Udo nachgelaufen. Sie konnte nicht von ihm lassen. Er zog sie jedesmal aufs Neue magisch an. Er konnte ohne sie nicht leben. Er war auf ihre Hilfe angewiesen. Und wenn er nicht getrunken hatte, war er der liebste Mensch der Welt, verwöhnte seine Frau, war großzügig und lustig. Er gab ihr das Gefühl, gebraucht und geachtet zu werden. Seine Liebesschwüre wiegten sie in Sicherheit, doch leider hielten sie nicht lange.

Sobald er die nächste Schnapsflasche in der Hand hielt, waren seine Versprechungen vergessen, hatten sich die Schwüre in Luft aufgelöst.

Doch Manu konnte Udo nicht allein lassen. Ewig würde sie unter den eigenen quälenden Vorwürfen leiden. Also fuhr sie die nächste Abfahrt hinunter und entkam so knapp einer Polizeikontrolle, die wenige Kilometer entfernt auf die Autofahrer wartete.

In großer Sorge raste sie in die Nacht hinein.

*

Der blaue Renault hielt am Waldrand, in der Nähe einer Fichtenschonung, auf steinigem Untergrund.

Mit Taschenlampe und Pistole bewaffnet stieg Manu hastig aus dem Fahrzeug. Sie hatte Angst. Die lästige, lange Perücke hatte sie auf den Sitz gelegt und die dunkle Brille verschloß sie schnell im Handschuhfach.

Sodann stapfte sie den Waldweg entlang. Obwohl sie das Versteck genau kannte, fand sie in der Dunkelheit kaum den richtigen Weg.

Als sie aber die tiefen Reifenspuren des Kleinbusses entdeckt hatte, begann Manuela zu rennen. Manchmal stolperte sie, manchmal verfingen sich ihre Haare in den herabhängenden Ästen der Bäume, doch konnte sie nichts und niemand aufhalten. Ihr Mann braucht Hilfe und das spornte sie an, verlieh ihrem Körper Flügel.

Und als sie endlich am Ziel ihrer Ängste war, als sie Udo entdeckte, der neben einer hohen Fichte lag, hockte sie sich vor ihm auf die Knie. Ihr Atem ging schwer. Die letzten Meter war sie so schnell gerannt, daß sie am Ende kaum noch Luft holen konnte.

Hastig berührte sie ihren Mann und streichelte weinend seine kalten Wangen:

"Udo! Ich bin es, Manu!"

Verzweifelt flüsterte sie immer wieder die gleichen Worte, doch der Mann rührte sich nicht mehr.

"Udo! Ich komme wieder! Halte durch! Ich hole Hilfe!" hastig sprang die Frau auf. In großer Panik rannte und stolperte sie zum Auto zurück. Aber mit einem Mal blieb sie stehen.

Die Wangen, die Hände, alles waren doch kalt, dachte sie. Udo hat doch gar nicht mehr geatmet...

Langsam, sehr langsam ging sie weiter.

Tot war er, hatte sie einfach zurückgelassen und nun war sie allein.

9. KAPITEL

Allmählich wurde es heller. Ein neuer Morgen brach an.

Ein Morgen ohne Udo!

Manu bewegte sich nur noch mechanisch. Sie wußte kaum noch, was sie tat.

"Was ist nur passiert?"

Die Gedanken der Frau gerieten durcheinander. Plötzlich wurde sie unruhig. Panikartig hastete sie zum Auto, fahrig schaltete sie an den Gängen des Wagens herum, während tausend Fragen wie Schmetterlinge in ihrem Kopf durcheinander flogen.

Verzweifelt suchte sie nach einem Ausweg.

Udos blasses, verzerrtes Gesicht, glaubte sie, immer wieder im Rückspiegel des Autos zu sehen. Er lehnte völlig hilflos an einem Baum und aus seiner tiefen Wunde sickerten die letzten Tropfen seines Lebens.

Wie von Sinnen schüttelte die Frau den Kopf hin und her. Ihr Gesicht war tränenverschmiert und die Augen schauten wie durch einen Vorhang auf die vor ihr liegende Straße.

Während Manuela in den erwachenden Morgen hineinfuhr, brachen alle verdrängten Erinnerungen aus ihr heraus.

Udo, der Glücksspieler ...

Schon im Kinderheim, in dem sie sich kennengelernt hatten, ließ er keine Wette, kein Spiel, ausfallen.

Seine Neigung zu Kindern entdeckte Manu erst in der Ehe. Diese Ehe war für ihn nur ein Alibi, das begriff sie erst viele Jahre später.

Seine Eltern hatten ihn frühzeitig in ein Kinderheim gegeben, weil sie mit dem Sohn nicht mehr zurecht kamen. Schon als kleiner Junge war er ein Rebell, der sich nicht unterordnen wollte. Im Heim erlebte er körperliche und seelische Gewalt. Unter den Kindern herrschte ein regelrechter Machtkampf und nur der Stärkste und Brutalste gewann die Oberhand.

Manu kannte Udos Vergangenheit. Sie wollte ihm helfen, ihn aus der Gosse ziehen.

Monate nach ihrer Hochzeit entdeckte sie kinderpornographische Zeitschriften und Videos im Keller. Doch es vergingen noch weitere Monate, ehe sie begriff, daß er sich in kriminelle Machenschaften verstrickt hatte. Lange wollte sie nicht verstehen, in was für einen Mann sie sich da verliebt hatte. Sie schob die Realität meilenweit von sich und redete sich ein, diesen Menschen bessern zu kennen.

Manuela und Udo hatten sich nach der Wende hoch verschuldet. Die Kneipe ging nicht so gut, wie gedacht und Rechnungen und Mahnungen stapelten sich auf dem Schreibtisch der alten Villa.

Sie verloren bald den Überblick. Da, plötzlich, kam Udo mit einer neuen, lukrativen Geldquelle.

Fortan brachte er einen Hunderter nach dem anderen. Freudestrahlend berichtete er seiner Frau von einer Quelle, die niemals mehr versiegen sollte und erfolgversprechend und gewinnträchtig für die Zukunft sei. Er würde sich dabei gewiß nicht verkalkulieren und als immer mehr Rechnungen und Mahnungen beglichen wurden und die Raststätte immer besser ging, fragte Manu nicht mehr. Sie wurde nur stutzig, als ihr Mann immer wieder im Keller verschwand und ihr den Zutritt verwehrte.

Als er dann plötzlich einen Versicherungsvertreter mit heimbrachte, der ihr etwas von ihm anvertrauten Kindern erzählte, die er in ein Kinderheim bringen sollte, begann sie zu zweifeln und stellte ihren Mann zur

Rede.

Nun lernte sie ihn von einer ganz anderen Seite kennen. Er schloß sie in den Keller ein.

"Du Hure! Du elendes neugieriges Weibsstück! Ich werde dir zeigen, was es heißt, deinem Mann Vorschriften zu machen!" schimpfte er auf Manu ein, dabei würgte er sie bis zur Bewußtlosigkeit, schlug sie, quälte sie und vergewaltigte sie. Dabei fesselte er seine junge Frau und schaltete die Kamera ein, während er sich eine Maske über den Kopf stülpte.

Nach stundenlangen Quälereien ließ er von ihr ab, zerrte sie nach oben und verbot ihr, den Keller jemals wieder zu betreten.

Er trank zwei Flaschen Wodka.

Erst nachdem er seinen Rausch ausgeschlafen hatte, rutschte er vor ihr auf die Knie und bat sie um Verzeihung.

*

Als im Dezember ihre Schulden wieder stiegen und die Gaststätte vor dem Konkurs stand, mußte Manu ihren Mann in allem unterstützen, ob sie das wollte oder nicht, das spielte keine Rolle mehr.

Sie mußte Annoncen in verschiedene Zeitungen setzen, Kinder anlocken. Und als man merkte, daß sie als Frau mehr Chancen hatte, setzte man sie nur noch als Lockvogel ein.

Sie war der Köder und die Männer erledigten die "Drecksarbeit" hinter verschlossenen Türen.

Wenn Manuela sich weigerte, bekämpfte er ihren Widerstand mit Gewalt und Erniedrigung. Er machte sie vor versammelter Mannschaft lächerlich, blamierte sie und nörgelte ständig an ihr herum.

Die Frisur paßte nicht zu ihr, der Rock war zu kurz, auch sei sie viel zu dumm. Mit ihr könnte man sich in seinen Kreisen nicht mehr zeigen, da würde sie ihn ständig blamieren und schon die Art, wie sie redete, wie sie lachte, sei, so meinte er, beschämend für ihn.

Udo hatte keine wahren Freunde. Seine Kumpanen waren nur auf sein Geld aus. Denn, wenn er mal wieder alles verspielt und versoffen hatte, waren seine angeblichen Freunde über alle Berge und dann war Manu wieder gut.

Sexuell nahm er nur das, was er brauchte. Ihr gab er nie viel. Irgendwie spürte sie, daß er verklemmt und unsicher war. Erst, wenn er gewalttätig sein konnte, erst dann verspürte er Befriedigung.

Immer wieder versuchte sie ihn zu ändern. Sie war zärtlich, anschmiegsam, bemutterte den oftmals hilfe-bedürftigen Mann. Erst, wenn er sie brauchte, fühlte sie sich wohl, wenn sie ihm helfen, wenn er seine Sorgen an sie weitergeben konnte, war sie froh. Er liebte sie also doch, denn er war ohne sie ein Nichts, war verloren.

Er schwor immer, das Trinken und Zechen aufgeben zu wollen, doch, wenn er es nicht konnte, machte sich Manuela Selbstvorwürfe.

Sie hatte es mal wieder nicht geschafft, ihn zu ändern. Sie war Schuld daran, daß sie keine Kinder bekommen und ihm kein gemütliches Heim aufbauen konnte. Sie war nicht attraktiv und hübsch genug, um ihn an sich zu binden. Er hatte zu oft Augen für andere Frauen und Mädchen, die weitaus jünger waren als sie selbst, die fast noch Kinder waren.

Immer, wenn Manu ihren Mann am meisten brauchte, wehrte er sich gegen ihre bohrenden Fragen. Sie fühlte sich wie die Fessel an seinem Fuß, die er unbedingt lösen wollte. Sie kam einfach nicht an ihn heran. Tagelang sprach er kein Wort mit ihr. Bis sie sich für etwas entschuldigte, was sie gar nicht getan hatte.

Manuela war nach Außen eigentlich ein geselliger, witziger und selbstsicherer Mensch. Sie sprühte regelrecht vor Energie. Doch alles war nur Fassade. Sie trug eine Maske, hinter der sie ihren Kummer, ihre Einsamkeit und Unruhe sorgfältig versteckte.

Zu Hause, in ihren vier Wänden, fühlte sie sich hilflos. Ganz besonders, wenn ihr Mann sie beleidigte, wenn er ihre Gefühle mit Füßen trat, sie verletzte, dann lag sie oft stundenlang schlaflos im Bett und grübelte.

Obwohl Manuela das unstete Leben ihres Mannes einerseits ablehnte, konnte sie doch nicht ohne diese Ruhelosigkeit existieren. Wenn Manu unbeobachtet in ihrem Haus, vielleicht im Schlafzimmer, vor dem Spiegel saß, veränderte sich der Ausdruck ihrer Augen, die Linien um ihren Mund wurden zu tiefen Furchen.

Wenn sie die Schminke abgewischt hatte, kam ihr wirkliches Ich zum Vorschein. Und doch waren dahinter noch mehr Gesichter mit einer anderen Sprache. Manu war nicht umsonst im Sternzeichen des Zwillings geboren. Sie hatte am dreißigsten Mai vor vierzig Jahren das Licht der Welt erblickt und von Anfang an regten sich zwei Wesen, zwei Seelen in ihrer Brust.

Oft dachte sie an ihre Kindheit zurück, in der die Alkoholsucht des Vaters das Familienleben vergiftete.

Als Manu elf Jahre alt wurde, bemerkte man in der Schule das erste Mal blaue Flecken an ihrem Körper.

Lehrer alarmierten das Jugendamt und am Ende steckte man sie in das gleiche Kinderheim, in dem Udo seine Machtkämpfe gerade austrug.

Manu wechselte von einer Abhängigkeit, in die andere. Udo führte das fort, was ihr Vater aufgebaut hatte.

Erst viele Jahre später versuchte sie zu begreifen, versuchte sie sich von diesem Menschen zu trennen, doch sie hätte weglaufen müssen, weit weg, ohne, daß er ihren Zufluchtsort entdecken konnte. Erst dann hätte sie sich wirklich von ihm befreien können.

Und nun, Stunden nach Udos Tod, verspürte sie ein seltsam hohles, leeres Gefühl in sich. Sie schien in einen tiefen Brunnen zu fallen. Sie fiel und fiel, immer tiefer...

10. KAPITEL

Im Radio hörte man eine Frauenstimme aufgeregt und hastig sprechen. Nicoles Mutter versuchte über Funk mit Manu Kontakt aufzunehmen: "Wir haben ihren Mann gefunden! Frau Dorenwendt, ich weiß, daß Sie mich hören können! Bitte helfen Sie uns, unsere Mädchen zu finden! Sie sind die einzige, die weiß, wo die beiden sich aufhalten könnten! Bitte helfen Sie mir! Eine Mutter liegt bereits im Krankenhaus! Die Angst um ihr Kind hat sie fast umgebracht. Wollen Sie, daß noch weitere unschuldige Menschen kaputtgehen?"

Hier brach die Stimme ab. Es vergingen ein paar Minuten, ehe Marion weitersprechen konnte: "Ist es nicht schon genug, was da bisher passiert ist? Haben Sie nicht genug Unglück über andere gebracht? Denken Sie dabei nicht auch mal an Ihre eigenen Kinder?..."

Hier drehte Manuela den Knopf des Radios nach links und schaltete ihr Gewissen ab. Zumindest versuchte sie es.

Draußen war es taghell geworden, doch Manu fühlte sich wie ausgebrannt. Ihr fielen vor Müdigkeit bald die Augen zu. Sie mußte sich unbedingt einen Moment hinlegen.

Sie lenkte ihren blauen Renault gerade durch eine verschlafene Kleinstadt. Es war früh am Morgen und keine Menschenseele war zu sehen. Manu parkte kurzerhand ihr Fahrzeug in einer Nebenstraße und lief durch die Gassen der fremden Stadt. An einer Pension mit Kneipe machte sie halt und betrat leise die halbdunkle, fast menschenleere Gaststube. Verschlafene Gesichter und leises Gemurmel wurden von dicken Rauchschwaden erstickt. Ein uraltes Männlein zog genüßlich an seiner Pfeife und der Kellner war gerade mit dem Abräumen des gebrauchten Geschirrs beschäftigt.

Neugierig bestaunte man den Gast, den man in dieser Stadt noch nie gesehen hatte. Für gewöhnlich zeigten sich um diese Zeit nur wenige Frühaufsteher, zumindest kannte man sie genau und brauchte sich keine Gedanken um deren Herkunft zu machen.

Manu setzte sich an einen der freien Tische, direkt ans Fenster. Sie bestellte ein Kännchen Kaffee und ein Jägerfrühstück. Das würde sie aufmuntern, die Müdigkeit verscheuchen.

Während die Fremde zum Fenster hinausschaute, hörte sie ein paar Männer leise diskutieren. Die Entführung der Mädchen erregte die Gemüter und die haarsträubendsten Spekulationen über deren Zukunft machten die Runde.

Manuela verfolgte scheinbar teilnahmslos die Gespräche. Nachdem sie etwas gegessen und getrunken hatte, las sie aufmerksam die herumliegende Zeitung durch. Auf der Titelseite mußte sie ihr eigenes Gesicht betrachten, doch sie war gut getarnt, so daß die Fremden sie nicht erkennen konnten. Manu hatte mittlerweile rotbraune Haare und eine Brille auf der Nase.

Nachdem der Kellner ihre Frage nach einem freien Zimmer mit dem Übergeben des Schlüssels beantwortet hatte, verließ sie unauffällig die Gaststube. Vorsichtig kletterte sie die knarrende Wendeltreppe hinauf. Überall fiel der Putz von den Wänden und es roch muffig, nach Toilette, in diesem Haus.

Ihr Zimmer befand sich unterm Dach. Schräge Giebelwände, kaltes Wasser und klamme Bettwäsche. Aber das alles bemerkte Manu nicht. Vielmehr sank sie samt Sachen aufs Bett und war im nächsten Moment fest, in einen tiefen, todesähnlichen Schlaf gefallen.

Manuela Dorenwendt erwachte erst wieder als es bereits zu dämmern begann. Sie hatte den gesamten Tag verschlafen. Nun senkte sich ein neuer Abend über die Kirchturmspitze und die Dächer der fremden Stadt hernieder und die Nacht verscheuchte die Menschen von den Straßen und Gassen dieses Ortes.

Die Frau lag still auf dem Bett und starrte die vergilbte Decke an. Minuten später stand sie schwerfällig auf, ging zum Fenster und schaute auf die Lichter der Fremde.

Während sie grübelte, zog sie die kurzen orange-farbenen Vorhänge zu. Trotzdem kroch das Licht durch die unzähligen, kleinen Löcher des Stoffes.

Manu konnte die quälenden Gedanken nicht vertreiben.

Was hatte sie nun noch zu verlieren? War sie ein Mensch, den man verachten mußte? Hatte sie deshalb keine Kinder bekommen können, weil sie der Verant-wortung nicht gerecht werden konnte, weil sie selbst immer ein Kind geblieben und niemals erwachsen geworden war?

Ihr Mann war tot und sie kam sowieso niemals über die Grenze. Ihre Villa, ihre Gaststätte war verloren. Was besaß sie noch?

Unruhig und panisch lief sie auf den knarrenden Dielen auf und ab.

Später dann schaltete sie den Fernseher an und wählte alle Kanäle durch. Überall sah sie ihr Gesicht, ihre Augen, ihre Lippen. Man sprach über sie, zeigte verschiedene Verkleidungen, Perücken und Brillen und man konnte mit viel Phantasie die Fremde in der Kneipe identifizieren. Der Wirt mußte sie erkannt haben, so glaubte Manu, daran gab es keinen Zweifel. Also mußte sie verschwinden.

Aber vorher wollte Manuela den Ort der Übergabe verraten, ehe sie für lange Zeit untertauchen würde.

Hastig verschwand sie durch die Hintertür auf den

kleinen Bauernhof hinter der Kneipe. Da es bereits dunkel war, bemerkte niemand die Person, die eiligst über den Gartenzaun kletterte und fluchtartig das Anwesen verließ.

Manu suchte die nächste Telefonzelle auf, hob den Hörer hoch, steckte ein paar Münzen in den Schlitz und wählte die Nummer der Polizei. Mit verstellter Stimme rief sie hastig in die Muschel:

"Die Mädchen werden in einem Waldstück bei Sesselstein festgehalten. Sie müssen sich beeilen! Die Übergabe soll noch heute Abend stattfinden!"

Und als die Polizei fragen wollte, wer der Anrufer sei und von wo sie diese Aussage machen wollte, hatte Manuela bereits wieder aufgelegt und rannte zum Auto. Sie wollte fort. Wohin, das stand dort oben in den Sternen.

Sie kannte von nun an weder Zeit noch Raum. Manu lebte nicht mehr. Tief im Innen war sie leer. Sie war wie ein Regentropfen, der beim Aufprall auf die Erde verschwand. Es existierte nur noch die äußere Hülle, ihr Körper, denn ihren Geist hatte sie ausgesperrt, ihr Gewissen verbannt.

Manu war ein Mensch ohne Namen, ohne Vergangenheit, ohne Zukunft...

11. KAPITEL

Es ist so ein ganz eigenartiges Licht an der Grenze zwischen Tag und Nacht. Die Dämmerung bricht urplötzlich mit einem Windstoß herein. Und danach wird es sehr schnell dunkel. Riesige, dunkelblaue Wolken türmen sich auf und ziehen bedrohlich schnell den Himmel zu, wie einen großen Vorhang.

Langsam kehrt Ruhe ein. Vögel verstummen, Rehe ziehen ihrem Nachtquartier entgegen, zupfen nur hier und da noch ein paar grüne Blätter von den Birken und dann wird es zwischen den hohen, rauschenden Fichten dunkel und schaurig.

Mit einem Mal erheben sich Schwärme von Krähen. Das Flattern ihrer Flügel durchdringt die Stille der hereinbrechenden Nacht.

Mit lautem Kreischen fliegen sie auf die hohen Nadelbäume und setzen sich in die spitzen Kronen. Dichtgedrängt schwanken sie auf den dünnen Ästen im Rhythmus des Windes einher. Sie fliegen noch, dann und wann, von einem Wipfel zum andern und verdrängen ein anderes Tier ihrer Art. Aber mit Einbruch der Dunkelheit passen sie sich im Schlaf den Farben der Nacht an und sind mit bloßem Auge nicht mehr erkennbar.

Nicole und Denise sahen dieses Schauspiel bereits das zweite Mal. Die Mädchen konnten alles vom offenen Fenster der Finnhütte, in der sie gefangengehalten wurden, beobachten. Es war die einzige Abwechslung in den letzten Stunden, in denen sie hier warten mußten.

Ganz selten raschelte es noch in den Fichten und einzelne Vögel wechselten den Schlafplatz.

Auf der Terrasse vor der Finnhütte saß Bob und musterte finster die Umgebung. Als sich die Krähen plötzlich schimpfend erhoben und in Schwärmen davon flogen, steckte sich der Mann mißmutig eine Zigarette an.

`Wo blieben die Käufer? Sie wollten um achtzehn Uhr hier sein!`

Bobs Armbanduhr zeigte aber bereits die einundzwanzigste Stunde dieses Tages an.

Sollte die Polizei zuviel Wirbel gemacht und die Herren eingeschüchtert haben? Irgendwie mußten sie Wind bekommen haben. Und das verdammte Geld war immer noch nicht in seinem Besitz.

Bob war unsicher geworden, seitdem er allein, auf eigene Faust zum Treffpunkt gefahren war und seitdem er Stunde um Stunde hier, in dieser Hütte, gewartet und weder von dem einen noch dem anderen Käufer eine Nachricht erhalten hatte.

Plötzlich zog er sich an der Tür der Finnhütte hoch, gab den Mädchen etwas Wasser zu trinken und ging dann zum Auto, schwang sich ins Fahrerhaus, ließ den Motor an und drehte den Knopf des Radios auf halbe Lautstärke herum.

Während seine Augen die Umgebung abtasteten, lauschte er gespannt auf die warnende Stimme im Radio, die von Kinderfängern, Dieben und Kriminellen sprach. Irgendetwas mußte passiert sein, sonst wären die Käufer schon längst gekommen. Ob Udo geplaudert hatte? Der Kerl war schon immer leicht unter Druck zu setzen. Der packt doch alles, was er weiß, aus, dachte Bob. Vielleicht hat das Weibsstück gesungen. Oh, wenn er die zwischen die Finger kriegen würde, die würde er zusammenschlagen, daß sie so schnell nicht wieder aufstehen würde.

Wütend stieg Bob aus und trat fluchend gegen die Autoreifen. Er mußte hier verschwinden und zwar schnell. Und wenn, dann eben ohne Geld!

Und die Kinder? Was nützten die ihm noch? Aber gesehen hatten sie ihn! Womöglich konnten sie ihn später identifizieren?

Hastig stieg er wieder ins Fahrerhaus und holte die Pistole aus dem Handschuhfach. Doch ehe er sie durchladen konnte, hielt er plötzlich inne und lauschte den Nachrichten im Radio:

"Gegen zehn Uhr heute Morgen wurde vermutlich einer der Entführer der vermißten Mädchen tot in einem Waldstück bei Sondershausen aufgefunden. In diesem Zusammenhang fandet die Polizei nach einem Kleinbus mit dem Kennzeichen für Malburg: ML ZA 60 und einem dunklen Renault, der von der Frau des toten Entführers gefahren wird, die allerdings bereits mehrmals ihr Aussehen erheblich verändert hat. Wir bitten diese Frau sich umgehend der Polizei zu stellen. Gleichzeitig warnen wir die Bevölkerung vor den anderen Tätern, die vermutlich bewaffnet und äußerst gefährlich sind."

*

Bob saß wie versteinert auf seinem Autositz.

Er mußte sofort abhauen! Die Mädchen, wenn sie überlebten und nicht, wie er annahm, verhungerten, würden ihn bestimmt nicht so schnell erkennen. Auf das Geld wird er verzichten müssen. Beim nächsten Mal wollte er vorsichtiger sein und kein Risiko mehr eingehen. Am besten war, wenn er alles in Zukunft allein unternehmen würde.

Bob mußte nun damit rechnen, daß ihn Manuela Dorenwendt verraten würde. Sie war eine Gefahr. Sie wußte zuviel. Er müßte sie irgendwie mundtot machen. Aber das konnte er später, wenn sich die Wogen geglättet hatten, noch nachholen.

Bob lief nicht mehr zur Finnhütte zurück. Er mußte versuchen, dieses Auto loszuwerden. Irgendwo standen noch Fahrzeuge herum, die er mühelos aufknacken konnte. Er mußte halt öfter die Wagen wechseln. Zuerst hieß es jetzt, schnell untertauchen und dafür gab es nur eine Möglichkeit für ihn.

*

Noch in der selben Nacht umstellte die Polizei das Waldstück. Sie rückte mit mehreren Hundertschaften an. Die Soko-Einheit durchstreifte jeden Zentimeter des Gebietes. Spürhunde nahmen die Witterung auf und ein Hubschrauber tastete mit seinen Scheinwerfern die Umgebung systematisch ab.

Noch zur gleichen Stunde rückten viele Schaulustige an. Sie kamen von nah und fern. Sie standen mit Kind und Kegel am Rande des Waldstückes und waren enttäuscht, daß nicht viel zu sehen war. Sie beobachteten die Einheiten der Polizei voller Spannung und beklagten sich am Ende darüber, daß noch nicht einmal ein Schuß gefallen war.

Die Neugierigen wollten die ersten sein, die die Auflösung des "sensationellen Kriminalfalles" live erleben konnten. In langen Schlangen säumten die Autos der Gaffer den Straßenrand. Würstchenbuden wurden aufgestellt und die Reporter der Tageszeitungen gaben zahlreiche Kommentare und Interviews von sich.

Zwar vermochten die Schaulustigen vom Waldrand aus nur die Bewegungen der Scheinwerfer des Polizei-hubschraubers zu verfolgen, trotzdem harrten viele der Menschen stundenlang in der Dunkelheit aus.

"Wir wollen ja nur mal gucken, was passiert! Schließlich gibt`s so etwas nicht alle Tage..." meinten sie aufgeregt und reckten dabei die Köpfe, um nichts zu versäumen.

*

Die Polizei forderte die Verbrecher mit Lautsprechern auf, die Mädchen freizulassen und sich unbewaffnet, mit erhobenen Händen zu stellen.

Stück um Stück bewegte sich die Sondereinheit auf die Finnhütte zu. Sie mußte mit einer mehrköpfigen Bande rechnen, die mit geladenen Gewehren auf die Polizisten wartete.

Aber die einzigen, die sehnsüchtig darauf warteten, gerettet zu werden, saßen gefangen in der kleinen Holzhütte und zitterten vor Angst. Sie hatten kaum noch auf Hilfe gehofft.